Cartographie d'un cœur assoupi

MATTHIEU **VRAZINIS**

Cartographie d'un Cœur assoupi

© 2023 Matthieu Vrazinis

Édition : BoD – Books on Demand, info@bod.fr
Impression : BoD – Books on Demand, In de Tarpen 42,
Norderstedt (Allemagne)
Impression à la demande

ISBN : 978-2-3221-4032-9

Dépôt légal : Juillet 2023

Avant-Propos

Ecrit sous une première version à l'occasion d'un concours en janvier 2021, sans volonté d'en faire quoi que ce soit, ce roman a subi de nombreux ajouts et modifications pour se réinventer sous un jour plus complexe.

A travers l'histoire de ce roman, j'ai voulu livrer un point de vue sur le mécanisme des émotions humaines et la façon dont elles influent sur les prises de décisions quotidiennes.

Par le jeu des personnifications et le prisme d'un univers fantastique, j'ai souhaité écrire quelque chose de poétique et de métaphorique, qui saura parler au plus grand nombre.

La symbolique, particulièrement fournie et travaillée, saura, je l'espère, attirer les esprits des lecteurs les plus attentifs.

Également, il est utile de préciser que si certains éléments contextuels sont en effet inspirés d'éléments réels, ceux-ci ont été altérés et déformés pour le bien de l'intrigue et la construction du scénario.

L'histoire que vous allez lire n'est donc, en aucune façon, une autobiographie. De même qu'aucun personnage n'est la retranscription de personnes ayant réellement existées.

Enfin, un immense merci aux personnes très proches et très chères qui me font le privilège de leurs présences, de leurs conseils et de leurs énergies pour mener à bien ce type de projet de longue haleine.

Je vous souhaite de trouver dans ce roman tout le cœur qui y a été versé.

Bonne lecture,
Matthieu Vrazinis

Table des matières

1.

Un café noir dans une tasse rouge

Amassée en un flot grouillant, la foule allait et venait de part et d'autre du passage piéton. Tous s'accordaient en une danse établie, guettant la lueur verte annonciatrice d'une traversée salutaire. Sans échanger ne serait-ce qu'un regard, fut-il méprisant, ils parvenaient à synchroniser leurs démarches au rythme des bandes blanches. En somme, ils semblaient défiler comme les notes sur une portée. Dessinée sur l'asphalte, la partition offrait une bien étrange musique pour qui pouvait l'entendre.

Antoine gardait les yeux rivés sur ce flux continu, poursuivant par la fenêtre d'un café voisin d'éventuelles croches dissonantes ou démarches à contretemps. L'orchestre des trottoirs n'en finissait pas de jouer de cet air lassant, cette banale symphonie. Les feux rouges demeuraient des silences entre deux mesures répétitives, offrant un répit relatif aux tambours à talons.

Pourtant, lorsqu'il cessa de contempler cet essaim bourdonnant pour se concentrer sur les individus le composant, lui vint une impression familière. Là, sur les visages creusés par le vent chargé de particules fines, percolant à travers les rides ou glissant le long des peaux rebondies, se trouvaient des émotions. Malgré les airs évasifs et les sourires ténus, les traits ne mentaient pas. Ils gravaient sur chaque centimètre carré de leurs épidermes, sur chaque pièce de vêtement et sur chacun de leurs gestes les reliquats des peines et des joies les ayant traversés.

Bien que leurs cœurs aient été réduits au silence, leurs corps parvenaient à leur offrir une voie d'expression, lisible aux seuls yeux avertis, audible aux oreilles détachées des musiques quotidiennes. Antoine était de ceux-ci.

* * *

Il quitta sa fenêtre pour revenir à sa banquette, comme pour s'épargner une écoute trop intense de la mélancolie des rues. L'année avait déjà eu son lot de péripéties intimes pour ne pas se confronter à celles des autres, tout du moins, pas encore.

Se frictionnant les poignets et dégageant sa mèche revêche avant de prendre une profonde respiration, Antoine reporta toute son attention sur sa tasse de café et le carnet imposant trônant à ses côtés. Il porta sa boisson à ses lèvres, huma le délicat arôme brûlé synonyme d'une machine mal réglée et se délecta du liquide noir.

Le café demeurait glacial, tout comme il l'aimait.

Ou, tout du moins, tout comme il avait appris à l'aimer. Pestant intérieurement contre la température du breuvage, s'écorchant même d'une grimace, il se savait victime du syndrome du café froid. Bien souvent, il commandait un café, l'oubliait, reprenait ses activités, puis revenait à son arabica dont l'aigreur lui faisait prendre conscience de son tempérament rêveur.

Au fil des filtres, ce mauvais goût su se travestir en un certain indicateur de bonheur. Un café froid signifiait que le moment valait la peine d'être vécu, que quelque chose l'accaparait au-delà de sa simple réalité. Un café brûlant incarnait au contraire la précipitation, la fuite, la volonté de mettre un terme à l'instant pour s'adonner à autre chose. Des cafés brûlants, Antoine en avait avalé des quantités astronomiques, tout comme ses congénères. En finissant sa tasse, il porta un toast intime à cette génération aux gosiers sacrifiés, à ces gorges calcinées par l'urgence perpétuelle.

* * *

Il plaqua ensuite la tasse rouge sur la table en contreplaqué, conférant à l'instant un semblant de solennité. Son carnet s'impatientait, spécialement apprêté pour ce premier rendez-vous. Pour l'occasion, l'assemblage spiralé se parait d'une couverture lisse sans écornure et de pages claires aux lignes aussi droites que vides, n'attendant plus qu'une plume affûtée pour y écrire une histoire élégante.

Peu à peu, il noircit son cahier de tentatives de raisonnements avortés. Les mots et les phrases s'étaient alignés militairement sur les lignes imprimées avant de succomber sous le feu ardent des ratures. Il aurait voulu ciseler à la perfection les idées qui l'habitaient, donner corps à ces multiples ressentis qui avaient fleuri cette dernière année. Ces émotions contradictoires, ces sentiments enfermés qui, faute de raison dans laquelle s'inscrire, continuaient de le ronger.

Combien d'essais perdus ainsi sur le front des idées, d'amorces de thèses balayées par le besoin d'une vérité supérieure ? Il ne put que se résoudre à l'évidence, aucun assemblage de mots pourrait être suffisamment signifiant pour décrire les récents événements et ce qu'ils impliquaient.

* * *

Découragé un instant, il reporta une nouvelle fois son attention sur cette tasse qu'il croyait avoir vidée, avant de constater qu'un résidu noir hantait toujours la porcelaine rouge. Il eut un frémissement de peur avant d'essuyer frénétiquement toute trace du marc obscur à l'aide de sa serviette.

À l'image du récipient, sa noirceur ne serait sans doute jamais totalement éradiquée. Tout au mieux, elle laisserait une tache, une cicatrice, quelque chose avec lequel vivre, à la manière de ces passants traversant la rue. Antoine se frictionna à nouveau les poignets et respira encore, profondément.

Il laissa pendre son stylo au-dessus de son carnet pour s'en retourner à sa fenêtre. Écartant perpétuellement sa mèche de gestes agacés, il s'adonna cette fois à la contemplation d'une autre scène de son panorama bétonné ; l'immeuble de bureaux d'en face. Il pouvait y admirer sa vie découpée et rangée sur chacune des fenêtres teintées, comme autant de vignettes classifiées, de souvenirs triés et décortiqués. Un ordre qu'il n'aurait pas cru possible quelques mois plus tôt, pas avant ce fameux jour d'octobre et les bouleversantes rencontres qu'il suscita.

Jamais auparavant il n'avait porté son attention sur ses propres émotions ; ou plutôt les avait-il fuis trop longtemps. À présent lancé sur la voie de sa résolution, il tentait, par le biais de l'écrit, d'exorciser certains démons récurrents. À l'aide de ce stylo et de cet épais carnet au format A4, il s'essayait à l'entreprise délicate de retracer son parcours intérieur, chacune des miettes qui le conduisirent à ce café refroidi.

Les épreuves de ces derniers mois firent germer en lui des ressources insoupçonnées, des traits de caractère enterrés sous des monticules de bienséance et de lieux communs amassés durant des années. Il n'y avait pas d'âge pour se découvrir, pas de cas d'école lorsque l'on partait à la rencontre de soi, et Antoine avait rencontré bien plus que lui-même. Loin de considérer son cas comme unique, il se savait n'être que le symptôme d'une époque malade, un contaminé de plus, une particule parmi les effrayants amas de souffrances qui gangrenaient chaque chose ayant le malheur de vivre.

* * *

L'époque, ce 21ᵉ siècle entamé d'un bon quart, incarnait le point d'orgue de la dichotomie entre raison et émotion.

D'un côté, le monde du travail, l'administration, l'ensemble d'un système numérisé, raisonnable, normé, standardisé auquel chacun se vouait bon gré mal gré pour payer son abonnement Netflix, commander sur Amazon et se nourrir via Uber Eats ; un monde de services, de prestations notées et de rationalité absolue.

Un monde où le ciel laissait choir ses étoiles dans des écrans perpétuellement apposés devant des yeux exténués. Ils troquèrent la grande Ours pour de vulgaires constellations servant à noter la qualité de leurs produits ; consommer, ils se consumaient.

En face, paradoxalement, une émotivité incontrôlée, des pensées extrêmes, du sensationnel éhonté. Une volonté d'inexactitude, une violence captive, cherchant sans cesse un exutoire. Une colère consignée dans les réseaux sociaux comme s'il s'agissait d'une prison libre, d'un univers parallèle couvé par un ogre cynique. Un monde numérique où se défoulaient et se refoulaient les otages éplorés de geôliers épuisés. Tous manquaient de tout, mais ne se satisfaisaient de rien.

Antoine s'était fait plusieurs fois ce constat et parvenait toujours à la même conclusion ; il y aurait nécessairement un déclic, un jour, une sorte d'équilibrage. Si celui-ci ne saurait s'établir à l'échelle d'une société entière, il se réaliserait à l'échelle individuelle. En lieu et place des habituelles révolutions de grande ampleur, finirait par s'asseoir un mouvement silencieux ; par soi, pour soi. Une remise à niveau qui aboutirait sans nul doute au soulagement de tous. Restait à appréhender les conséquences de ce changement et les moyens d'y parvenir sans être amener à briser tout ce qui l'entourait.

* * *

En fixant tour à tour l'immeuble et son carnet, il se sentit à nouveau piégé dans une impasse. Pourquoi lui ? Pourquoi s'accolerait-il à l'exercice de revenir sur ces émotions qui faillirent lui coûter la vie ? Pourquoi exhumer des douleurs dont il n'était qu'une victime parmi tant d'autres ?

Il eut à nouveau envie d'un café.

Tandis que le serveur revint avec une nouvelle tasse rouge pleine d'un arabica fumant, Antoine obtint une réponse évidente à ses interrogations ; il aurait toujours envie d'un café.

Les émotions allaient et venaient, et s'il flottait dans une période de relative stabilité, les démons d'hier finiraient tôt ou tard par revenir.

Il aurait toujours envie d'un café.

Il ressentirait toujours la peur, le chagrin, la colère, l'euphorie, tôt ou tard. S'il voulait vaincre ces spectres, dominer ses idées, il lui incombait de les définir. S'il parvenait à en dessiner les contours, à les cartographier, il réussirait à leur donner une consistance, une raison, pour peut-être, in fine, parvenir à cet équilibre qu'il recherchait tant.

Le stylo vibra entre ses doigts moites, les pensées se fracassèrent contre son crâne, l'encre allait bientôt jaillir, les souvenirs ressurgiraient d'un instant à l'autre.

Il inspira profondément et se frictionna les poignets. Jetant un dernier coup d'œil à la fenêtre de l'immeuble de bureau, il se remémora ce jour si étonnant où son cœur s'éveilla en une tempête incontrôlée. Son stylo heurta le papier, commençant le récit de l'année écoulée.

2.

Un tirage inachevé, un voyage annoncé

— Alors Chabaud, on rêvasse ? railla l'un de ses collègues venant de le surprendre à regarder le café en bas de la rue, l'air ailleurs.

Du haut de sa trentaine en partie croquée, le Antoine de cette année-là n'avait rien d'un rêveur. Bien au contraire, tout dans son comportement tenait du féroce cartésien bien ancré dans sa réalité.

Loin de s'évader, Antoine réfléchissait plutôt ardemment à la meilleure façon de conclure son rapport. Ingénieur géotechnicien dans une grande entreprise dans le secteur du bâtiment, il savait qu'une conclusion trop hâtive ouvrait les portes à de futures contestations de la part du client. Ses douze ans de métier demeuraient jalonnés de ces expériences désagréables à devoir rendre des comptes pour une phrase maladroite aux foudroyantes répercussions juridiques. Des erreurs d'interprétations se chiffrant en millions, de quoi le pousser à regarder par la fenêtre à défaut d'y sauter.

Bien que ces problématiques soient le lot de tous les acteurs de la profession, elles revêtaient un caractère particulièrement accru dans cette région parisienne en pleine ébullition.

À l'heure succédant au Grand Paris Express et aux jeux olympiques, le BTP disposait d'un des vents les plus favorables jamais connus. L'urbanisme s'attaquait enfin à ces banlieues jadis reléguées aux projets sans valeur ajoutée. Des communes autrefois déshéritées allaient se voir offrir une station de métro, saint Graal pour toute ville périphérique. La spéculation immobilière allait bon train, les projets de résidence de « standing » et écoquartiers poussaient tels des champignons sur des branches pourrissantes, les rues se défiguraient de tranchées, maquillaient leurs peaux grises d'immondes barrières de chantier. Une folie de progrès s'emparait de ces huit départements, point d'émergence d'un certain « futur à la française », comme le déclara unanimement la classe politique lors de l'inauguration de la ligne 15, en 2023.

Après la construction des lignes 15, 16, 17 et 18, achevées en 2025, les plans de relance et autres torrents d'argent magique actèrent l'extension du projet pour une nouvelle décennie, avec une myriade de sujets connexes, de nouvelles lignes, de gares, de ponts et d'ouvrages, sur une échelle de temps si humaine qu'elle avait tout du monstrueux. Rien, pas même une épidémie mondiale, ne pouvait venir freiner le phénomène accueilli par la population comme un tournant majeur plus que bienvenu après un demi-siècle de centralisation et de réseau en étoile.

La microsphère parisienne était sortie de son cocon pour se répandre en une traînée de terrasses, de stations et de pistes cyclables. Une extension de la folie du centre-ville lancée à la poursuite de cette grande couronne après que la petite soit officiellement devenue un amoncellement de nouveaux arrondissements. Les chevaliers de l'ancien temps troquèrent leurs vaillantes montures pour des trottinettes électrique, et leur noblesse pour un confort abscond.

L'ère était à l'euphorie, et, pour les entreprises du secteur de la construction, à l'animalité. Les organisations changeaient, s'optimisaient, s'entrechoquaient, pour grappiller la plus grande part de l'immense gâteau de béton se profilant sur les années à venir.

* * *

Dans ce contexte constamment éruptif, l'expertise d'Antoine faisait figure de standard, de fourmi ouvrière suffisamment compétente pour guider quelques-unes de ses semblables, mais indifférenciable de ses homologues. Dans la hiérarchie de ces entreprises tentaculaires, les barreaux de l'échelle réduisaient leur taille à mesure de l'ascension. Si bien qu'une compétition indicible s'installait dès lors qu'on cherchait à la gravir. À l'heure de la banalisation des études, de la demande toujours plus forte, l'ingénieur devenait la norme, le bon ingénieur une rareté. L'ouvrier conjuguait son savoir manuel au présent, l'ingénieur regardait l'avenir sur un tableur Excel. De nouvelles écoles avaient germées, les promotions s'étaient élargies, les diplômes se délivraient plus aisément, tous accouraient par-delà le Rhin, les Alpes ou la méditerranée, à la poursuite de cette ruée vers le ciment. Si bien, que ces métiers jadis pénuriques devenaient de véritables secteurs bouchés.

Pour y parvenir, Antoine comme tant d'autres se livrait au jeu de l'opportunisme. Savoir se saisir des bons projets, offrant quelques problématiques intéressantes sans toutefois contenir trop de risques de dévoiler une éventuelle incompétence, voilà qui constituait la principale qualité de l'ingénieur moderne. Dans cette jungle, Antoine su tirer son épingle du jeu sans adhérer parfaitement à cette philosophie. Le crédit de son appartement et son cadre familial ne purent qu'ajouter au besoin de se conformer aux règles et usages de l'époque ; c'était un homme de consensus.

Sa compagne, Judith, partageait ses jours depuis presque cinq ans, apportant un certain contre-pied à cette vie professionnelle parfois envahissante. Après l'achat de leur trois-pièces, Judith s'était embarquée dans l'ouverture d'une épicerie italienne. Mettant fin à sa carrière à la Défense, elle troqua les ascenseurs interminables pour un labyrinthe de rayons et d'étalages. Elle préféra l'horizontalité d'une vie faites de recoins à une verticalité dépourvue de sens. Les choses simples lui seyaient davantage, ou plutôt, les choses contrôlables.

Ce choix de carrière avait été longtemps sujet à débats, était-ce le bon moment ? Que devait faire Antoine ? Rien, juste tenir ce poste de salarié, assurer un revenu suffisant pour maintenir leur embarcation à flot en cas de mauvaise vague. Mille fois pourtant, Judith avait tenté de le convaincre de faire de même. Mais par la force des choses, par les risques financiers et matériels, Antoine s'était résigné à poursuivre sa carrière. Au fond de lui, une certaine aigreur se développait, comme s'il avait été court-circuité dans ses envies, spolié dans ses désirs. Une aigreur qu'il taisait, non par fierté, mais par crainte des conséquences du dialogue. Au fond de lui, sa carrière en demeurait littéralement une, un tunnel qu'il creusait à la pioche pour extraire péniblement des rocs de problèmes et de désillusions, un grand trou vers un nulle part.

Outre leur divergence professionnelle, leur couple nourrissait également la perspective d'un enfant sans jamais l'avoir inclus dans un calendrier. Il serait une suite naturelle, un projet de plus. C'est ainsi qu'Antoine concevait son existence, une longue succession de projets à démarrer et à conclure du mieux possible. Se posait-il seulement la question de ses envies et de ses besoins, de ses rêves et de ses ambitions ?

Jusqu'à ce jour d'octobre 2028, chaque aspect de sa vie se devait d'être fonctionnel, de répondre à une norme. Un étalonnage de son existence non nécessairement dicté par la société, mais par l'idée qu'il se faisait d'elle et de comment s'y intégrer. Ce qui pouvait alimenter ses états d'âme demeurait relégué dans les tréfonds de ses priorités. À ses yeux, cela restait des problèmes de riches, que certains rêveraient d'avoir plutôt que de gérer des besoins matériels essentiels. Respectueux de la valeur de l'argent et du privilège que lui accordait sa position dans l'échelle sociale, il ne se plaignait pas par pudeur, et endurait sa vie sans même se soucier de ce qui sommeillait en lui ; jusqu'à ce fameux jour d'octobre 2028.

* * *

Cela débuta par l'arrêt maladie de l'un de ses collègues ayant eu le malheur d'être affecté à un projet dont les rendus devaient être livrés le lendemain. L'urgence de la situation imposa au chef d'équipe d'élire un remplaçant ponctuel, pour achever les documents prioritaires.

L'usage voulut que ce soit Antoine.

Bonne pâte, il avait coutume de répondre présent chaque fois qu'une aide s'avérait requise, quitte à se mettre en danger sur ses propres affaires. Résolument pétri d'un optimisme délétère, il comptait sur sa charité pour compenser les lacunes organisationnelles de l'ensemble de son équipe, y compris les siennes.

Antoine partagea ainsi son début de soirée avec Alexandre, un jeune collègue que le célibat rendait beaucoup plus malléable à ce type d'évènement. Tout juste sorti d'école, il restait tard pour s'intégrer et faire bonne figure, débordant de questions techniques pour son aïeul rompu à l'exercice. Si le petit roquet devenait agaçant par son harcèlement scientifique, Antoine lui répondait toujours avec bienveillance, attendri par la naïveté du débutant. Le benjamin arborait la chemise blanche immaculée d'un jeune cadre prometteur, son aîné une chemise à carreaux aux mailles resserrées, avatars du filet de stress comprimant son cœur.

La compagnie de ce louveteau lui manqua d'ailleurs bien vite sitôt le prodige rentré chez lui aux alentours de vingt heures. Entre calculs, captures d'écran, et reprises de coefficients de sécurité, Antoine rédigeait à la hâte quelques textos à Judith qui en profita pour sortir voir une amie. Une mécanique de travail bien huilée qui s'acheva à une heure avancée de la nuit, lorsqu'il se décida à envoyer le rapport à son client, espérant secrètement que l'heure d'envoi dissuaderait ce dernier de commentaires trop acerbes.

* * *

Antoine attrapa son manteau, éteignit les lumières, et bailla le long des corridors tel un ours quittant sa tanière. À cette heure malhonnête, les open spaces arboraient des airs de déserts. Autant de bureaux changés en dunes de sables, de couloirs travestis en canyons de pierre, regroupés autour d'une oasis, cette sainte machine à café. Le gardien de nuit étant absent, il sortit par une porte dérobée, connue des seuls noctambules. Puis, il longea l'immeuble jusqu'au parking de l'arrière-cour où sa voiture l'attendait, le pare-brise givré par la solitude.

Il eut cependant la surprise d'apercevoir un autre véhicule stationnant sur l'emplacement voisin, une caravane richement décorée. L'engin s'illuminait de néons criards et de lumières particulièrement atroces aux teintes diverses et désaccordées. La carrosserie demeurait si sale que la peinture jadis blanche semblait d'un gris métallique particulièrement réussi. Éclairé de l'intérieur, le logement roulant ronronnait d'un air de jazz des années cinquante, dissonant avec la tranquillité nocturne du lieu.

Le trentenaire hésita à formuler une éventuelle remarque, avant de penser au lendemain et à l'accès de colère de son supérieur, Fabrice Thillier, lorsqu'il découvrira sa place squattée par un éventuel mendiant. Il se décida alors à frapper à la porte de cette luciole sur roues.

Celle-ci s'ouvrit dans un grincement digne des films d'horreur les plus kitsch, hérissant tous les poils de sa peau déjà éreintée par le rythme de la journée. Une petite dame, âgée de quatre vingtaines, le dévisagea par-dessus d'épaisses lunettes aux verres de couleurs. Vêtue d'une robe de laine finement brodée et d'un châle de soie de la même teinte prune, son allure élégante jurait d'avec l'état déplorable de son carrosse. Sans sourire ni attendre qu'Antoine n'explique la raison de son dérangement, elle ouvrit la discussion.

— Je prends pas de consultation à c't'heure-ci mon grand, déclara-t-elle avec nonchalance, d'une voix nasillarde.

— Non je suis pas venu pour une... consultation ? s'étonna-t-il. Je suis venu pour vous prévenir que vous feriez mieux de partir tôt d'ici demain, si notre chef vous voit sur le parking il risque de voir rouge...

— Qu'il voit rouge, noir ou bleu, qu'est-ce que ça peut bien me faire... mmh ? répondit-elle le visage toujours fermé. Bon entrez je vais vous prendre quand même aller...

— Mais je... me prendre pour quoi ? Non, non je voulais pas...

— Entrez je vous dis ! Soyez-pas timide ! ordonna-t-elle avec vivacité, le tirant par le bras.

Antoine s'engouffra bien malgré lui dans la caravane dont les ornements intérieurs correspondaient parfaitement à ce que l'extérieur pouvait laisser imaginer. Des bibelots bien trop encombrants pour un espace si réduit, d'une laideur insoupçonnée, jonchaient le sol et les parois d'aluminium usiné. Des statuettes tribales côtoyaient des cadres rayés aux peintures abstraites. Un semblant de bureau se dressait là au milieu du bazar ambiant, fardé d'un drap violet aux symboles inscrits avec soin. Le jeune homme aurait juré que sa robe provenait du même tissu.

Se prêtant au jeu de cette grand-mère autoritaire, il prit place sur le tabouret de bois du bureau, dont les craquements significatifs le firent blêmir un peu plus. Après tout, il n'était plus à une demi-heure près, Judith dormait sans doute déjà.

— Ça s'ra pas long vous inquiétez pas ! lui indiqua-t-elle, semblant répondre à ses pensées, j'vous offre la consultation...

— Oh vous savez c'est pas nécessaire je peux payer, vous avez vu l'heure enfin... c'est... bégayait-il.

— Bon si vous insistez ! Je prends pas les cartes bleues ! Et ça fera 30 euros pour le beau jeune homme, compléta-t-elle avec vigueur.

Antoine pesta contre lui-même à l'idée d'avoir insisté pour payer une prestation gratuite qu'il n'avait même pas demandé. D'ailleurs, de quel genre de consultation pouvait-il bien s'agir ? De toute évidence, cette femme disposait de techniques de manipulations avancées, ou peut-être était-il simplement trop fatigué, ou trop bête. Il préféra la première option. Il plaça le liquide sur la table avant que la main puissante de la grand-mère ne vienne frapper le bois pour poser un paquet de cartes, le faisant sursauter.

— Et voilà le jeu ! exulta-t-elle devant le visage blafard de son client nocturne.

— Vous allez me tirer les cartes c'est ça ? Vous êtes voyante ?

Antoine jeta un œil au tarot atypique, paraissant être une pièce unique en son genre. L'outil semblait fait de très fines lamelles d'acier aux reflets bleu nuit, ornées de glyphes divers. Sans être versé dans le mysticisme, il pouvait ressentir quelque chose de particulier à la simple vision de ce jeu. Une énergie, une sorte d'aura perceptible sous forme de chaleur, se dégageait de chaque carte et les liait les unes aux autres.

— Regardez pas trop les cartes, jaillit-elle sans répondre à ses autres questions. C'est un vieil objet, ça fait des siècles qu'on se le refile, avec ça, pas de secret, tout s'ra clair comme de l'eau d'roche !

— Si vous le dites, rétorqua-t-il avec gêne, détournant le regard de la diseuse de bonne aventure occupée à battre son étonnant paquet.

— Tirons trois cartes !

Antoine approcha ses doigts de l'éventail face à lui, ciblant celle qui l'intéressait, avant de se les voir frapper par un revers de main de la voyante.

— Ne les touchez pas voyons ! C'est moi qui fais !

La voyante étala trois cartes face à lui, aux illustrations incompréhensibles pour qui n'y était pas initié, surtout s'il s'avérait impossible de les inspecter sans être vilipendé. Deux de ces cartes représentaient des étoiles à sept branches, des heptagrammes, composés de curieux symboles à chaque pointe. Ces caractères semblaient dériver d'un seul, un losange associé à un point central, décliné suivant plusieurs possibilités, comme les lettres d'un langage disparu. L'un des heptagrammes apparaissait noir, mat, brillant d'une lueur malsaine, l'autre rouge, apaisant, rayonnant de reflets agréables.

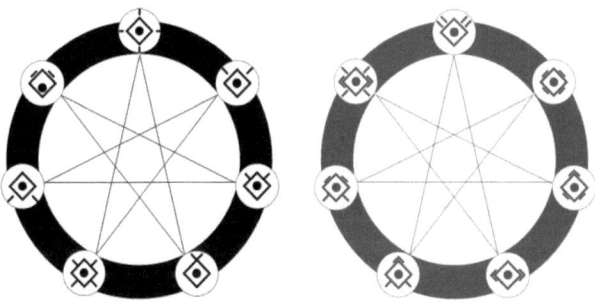

Heptagramme Noir – Heptagramme Rouge

Quant à la troisième carte, elle semblait représenter un semblant de clef, au dessin particulièrement complexe, intranscriptible.

— La porte est ouverte pour vous, Antoine Chabaud, murmura-t-elle en réfléchissant à l'interprétation du tirage.

Antoine frémit à l'entente de son nom, essayant de se remémorer le moment où il s'était présenté à elle, tentant d'évacuer la possibilité que cette illuminée puisse disposer d'un véritable don.

— Mmh... les cartes sont complexes pour vous jeune homme, vous dissimulez une noirceur en vous... je vois un mal qui vous ronge, une ombre silencieuse... vous avez comme... de l'acide dans les entrailles voyez-vous ?

— C'est charmant ce que vous dites... plaisanta-t-il en portant ses mains à son ventre par précaution.

— Vos paroles sont closes mais la porte est ouverte... oui... je vois une contradiction... vous semblez dans un entre-deux, proche de basculer...

— Je crois que c'est cette chaise qui manque de basculer... commenta-t-il dans un trait d'humour.

— Je vois un problème, comme un casse-tête à résoudre, potentiellement une aubaine... ou au contraire, un inévitable danger... interpréta-t-elle avec lenteur pour accentuer la tension dramatique de son discours.

— Mais non tout va très bien madame je pense que vous faites fausse route...

La vieille femme bondit de son bureau pour apposer son doigt sur sa bouche.

— Ne dites jamais ça malheureux ! hurla-t-elle à voix basse, on ne contredit pas ceux qui parlent !

Antoine se retourna frénétiquement, guettant d'un regard amusé les éventuels destinataires de ce commentaire.

— Ceux qui parlent ? Qui parle ? ironisa-t-il, camouflant la tension qui raidissait sa nuque.

La voyante garda le silence. Retournant à ses cartes, l'oracle semblait voir bien plus d'éléments que ceux dont elle fit la traduction à son client.

— Si vous refusez de voir la vérité en face, elle vous rattrapera... les ombres vous rattraperont... il faut que...

— Bon, ça suffit pour ce soir hein ? Merci pour la consultation, réagit Antoine dont le front perlait de transpiration tant l'atmosphère demeurait étouffante.

Agacé de ces semblants de menaces, le trentenaire aux mèches rebelles se leva et se dirigea vers la porte de la caravane, songeant à sa compagne et la couette qui l'attendaient impatiemment. La voyante poussa un gémissement d'horreur avant d'accourir derrière lui, tentant de le rappeler à la raison.

— Il ne faut pas interrompre un tirage malheureux ! Il faut fermer la porte ou ils viendront pour vous ! avertit-elle.

— Mais oui bien sûr madame... expira-t-il en levant les yeux au ciel. Tout va bien rassurez-vous, il n'y a aucun problème et on est tous très fatigués, ne tardez pas pour bouger d'emplacement, vous allez vous attirer des ennuis en restant ici.

La diseuse de bonne aventure le regarda s'en aller avec une exaspération teintée de tristesse, avant de lui répondre, dans le vent humide de l'automne.

— Vous aussi jeune homme... vous aussi...

Antoine se jeta à la place du conducteur et reprit le chemin de son domicile, chassant de sa mémoire immédiate la rencontre avec cette marginale, ignorant son avertissement. De toute évidence, cette vieille bique entendait des voix, sans doute une sociopathe non diagnostiquée voilà tout, pensa-t-il sur le trajet. Rien ne pourrait venir pour lui, de toute façon, qui était-il, lui, parmi les innombrables types essayant de vivre leurs vies. Si de telles choses devaient exister, elles n'auraient qu'à rendre visite à ceux qui y croyaient, conclut-il intérieurement en garant son véhicule dans le parking souterrain de sa résidence.

Une fois parvenu à destination, il se glissa sous les draps réchauffés par sa compagne déjà assoupie, enivré par la fatigue. Si la nuit promettait d'être courte, elle s'inscrivait déjà comme la plus bienvenue des récompenses après les efforts consentis.

3.

L'angoisse et sa prairie aux fleurs prune

Antoine rêvait. Perdu au cœur de limbes immatériels, de constructions inachevées, son esprit endormi laissait libre cours aux élans de son cœur. Poussée par une force invisible, son âme se mit à tisser un décor de fibres oniriques ; un bar.

Un bar, au milieu d'un nulle part.

Ses murs se pavaient de formes géométriques, carrelés de dalles violacées. Son comptoir de bois tendre affrontait du regard un baby-foot usé par des joueurs impulsifs. Un brouhaha de bistrot emplissait la salle, étourdissant Antoine qui siégeait sur une banquette accolée à une fenêtre. Il aurait voulu y regarder, mais les néons flashy éparpillés dans le troquet l'éblouissaient.

Une pinte de blonde à demi entamée gisait à portée de sa main, qu'il fixait résolument, égaré dans sa splendeur ambrée. Convaincu d'être ici sans remettre en question la crédibilité de l'endroit, sans se rendre compte qu'il ne s'agissait que d'une projection de son imagination, Antoine semblait attendre quelqu'un.

* * *

Dans ce décor onirique bon marché, une silhouette désabusée et agitée l'observait depuis une table proche des toilettes. L'individu le dévorait des yeux sans qu'Antoine daigne le remarquer, scrutait l'ensemble de ses désirs, analysait chacun de ses battements de cœurs à la recherche d'une faille, d'un moment de vulnérabilité.

L'homme plutôt frêle se dissimulait derrière un long imperméable noir rapiécé, surmontant une chemise violette au col levé, émaillée de trous de mites. Tremblant, victime de tics à la manière d'un toxicomane en manque, l'individu remuait frénétiquement du genou, impatient de passer à l'action.

Parmi la population d'habitués et de nouveaux clients, y compris Antoine, l'homme semblait seul à réaliser le caractère illusoire de la scène se déroulant. Peut-être même en était-il à l'origine ? Il se leva d'un bond, parcourut les quelques mètres le séparant d'Antoine d'un pas rapide, presque désespéré, avant de s'asseoir sur la banquette d'en face.

Le maigrelet tapota son épaule pour l'extirper de sa méditation, avant de le fusiller de son regard fou dans lequel luisait une furieuse intelligence. L'inconnu y alla au culot, se faisant passer pour une vieille connaissance, sachant que le contexte du rêve lui permettait de faire passer nombre de mensonges pour une réalité acceptable.

— Salut ma poule, dit-il avec entrain, content de faire enfin ta rencontre après tout ce temps ! T'aurais pu choisir un autre rad qu'ici m'enfin bon, on va faire avec les moyens du bord hein ?

— Salut heu... enfin... qui êtes-vous ? demanda Antoine dont la réflexion demeurait limitée.

— Oh eh ! On va se tutoyer s'tu veux bien ! s'exclama-t-il avant de rire aux éclats. Tu peux m'appeler Néga, tout le monde m'appelle Néga.

— Tiens salut Néga ! jaillit un client en entrant dans le bar.

L'homme à l'imperméable leva la main pour le saluer amicalement. Antoine hocha la tête en signe d'approbation, sans toutefois s'intéresser à la nature du personnage.

— Tu dois avoir un peu l'impression d'être dans les vapes non ? insista Néga tout en commandant une bière d'un simple geste.

— C'est vrai... ça doit être la bière... rationalisa le trentenaire.

— Exactement... la bière... répéta-t-il d'un air songeur et goguenard. Bon ! Je suis venu te parler d'un truc important, tu sais la rumeur court qu'il va y avoir des changements au bureau...

— Des changements ? C'est-à-dire ?

Néga jubilait d'avoir su éveiller l'intérêt de son compagnon de beuverie.

— Bah toi-même t'en parles souvent ! La ligne 19 par-ci, la ligne 19 par-là... Ils vont forcément devoir prendre un chef de projet pour tout ça... un métro ça s'calcule pas tout seul... fusa-t-il avec une bien étrange connaissance du sujet qui n'éveilla aucunement le soupçon de son interlocuteur.

— Ah ça oui le poste m'intéresse ! rétorqua Antoine avec pugnacité. Mais c'est pas un drame si je l'ai pas.

— Ah bon ? Pas un drame... oui bien sûr, pas un drame... répétait-il en guettant du coin de l'œil une réaction du trentenaire.

Antoine, dissipé, profita de l'égarement de Néga pour tenter une nouvelle fois d'observer par la fenêtre.

— Qu'est-ce qu'il y a dehors ? On voit rien.

— Qu'est-ce que tu voudrais qu'il y ait dehors ? rétorqua avec virulence l'homme à l'imperméable.

— J'en sais rien, on pourrait aller voir ? demanda naïvement Antoine.

Néga eut un nouveau tic nerveux. Probablement que la perspective de sortir le dérangeait dans ses plans. Il eut un instant de réflexion, durant lequel il sembla absent, avant de revenir soudainement à la conversation.

— Bien sûr ! Allons-y, tu vas voir, c'est fantastique.

Néga et Antoine se levèrent de la banquette au cuir émietté pour se diriger vers la porte du troquet. Antoine voulut laisser Néga ouvrir avant que celui-ci ne se confonde en politesse, faisant un brusque pas en arrière.

— Après toi voyons... après toi...

La porte s'ouvrit sur un spectacle radieux.

Un champ s'étalait à perte de vue, dans un horizon au ciel crépusculaire nimbé d'orange et autres teintes cuivrées. Il s'agissait d'une culture impressionnante, constituée d'une fleur inconnue, de couleur prune, trônant au sommet d'une tige noire. Régulièrement espacés et de hauteurs égales, les plans semblaient faire l'éloge de l'ordre et de la beauté. Antoine sourit béatement devant cet agencement parfait, y retrouvant cet esprit cartésien, ce rapport idéal entre nature et intervention humaine qu'il affectionnait tant. Néga prospecta un long moment le visage de son complice, satisfait de ce que ce paysage lui inspirait.

— C'est magnifique n'est-ce pas ? commenta-t-il en secouant son imperméable.

— Absolument magnifique ! On aurait envie de voir ça pour l'éternité !

— Assurément... mais il y a une bombe là-dessous.

L'expression d'Antoine se raidit, son sourire s'effondra en une mine déconfite.

— Quoi ? Qu'est-ce que tu me chantes ? s'empressa-t-il de réagir.

— Oui, tout va sauter... rien n'est fait pour durer ma poule.

— Comment peut-il y avoir une bombe là-dessous c'est ridicule !

— Tu veux vérifier ?

À cet instant, le doute s'installa dans le cœur d'Antoine, se pouvait-il que ce champ radieux, ce paradis façonné par le temps et le travail puisse se déchirer par une explosion ?

S'il se refusait de vérifier, et cédait à la confiance, alors il courrait le risque de voir ces fleurs perdues à jamais.

S'il s'empressait de vérifier, et cédait à l'angoisse, alors il courrait le risque de déclencher sa destruction. Pire, il aurait la preuve qu'avant même d'avoir été planté, un esprit malsain aura dissimulé un outil de malheur.

Le piège semblait se refermer sur son esprit tandis qu'il fixait éperdument le champ, et ces fleurs qui l'appelaient à l'aide.

Néga sentit son hésitation et lui tendit une pelle. L'instrument, émergeant du néant, saurait activer la décision du trentenaire ébaubi. Antoine s'en saisit rapidement, avant de marcher vers le champ, sous le sourire narquois de l'homme à la chemise trouée.

Un coup, deux coups, trois coups, Antoine se hâta d'exhumer ses chimères, abîmant au passage la perfection de l'endroit. Rapidement, un monticule de terre se forma à ses côtés. Chaque coup infructueux le rassurait, il n'y avait pas de bombe.

Au bout de longues heures de terrassement, Antoine posa sa pelle et se releva, éreinté, en nage, sous le regard amusé de Néga. Là, à perte de vue, le champ se maculait de tranchées, d'ornières inesthétiques, trahissant la majesté de l'endroit ; des sillons tracés par l'angoisse.

— Il n'y avait pas de bombe, pas vrai ? s'empressa de demander Antoine, attristé par sa vision.

— Je ne sais pas, peut-être ici, peut-être là-bas, tu veux vérifier ?

— Je suis fatigué... et si on revenait au bar ? proposa le jeune homme.

Néga arbora une expression ravie, et acquiesça immédiatement. Déambulant joyeusement dans la terre éventrée par son camarade, l'homme épris de tics sifflota jusqu'à la porte du bar.

— Je t'en prie ma poule, à toi l'honneur ! s'écria-t-il en laissant Antoine ouvrir.

Une fois à l'intérieur, le duo eut à peine le temps de s'installer qu'une effroyable explosion retentit, faisant sauter le champ de fleurs. Antoine poussa un cri d'horreur devant ces millions de pétales prune projetés contre les vitres.

— Mon Dieu non c'est pas possible ! s'écria-t-il.

— Ah bah ma poule si tu vérifies les choses à moitié aussi, faut pas s'étonner...

Les vitres se brisèrent peu à peu sous le souffle de l'explosion, le comptoir se brisa dans un fracas de verres et de bois morcelés. Les murs se fissurèrent, prêts à être emportés d'une seconde à l'autre par la déflagration. Tous les habitués s'évanouirent Dieu sait où.

Seul Antoine resta figé, les yeux incrustés des flammes se rapprochant. Néga, toujours souriant, continua de siffloter avant de conclure.

— Je te laisse te réveiller tranquillement, à la prochaine ma poule !

Le bar se disloqua en une fraction de seconde dans les abysses du dehors, suivi d'un son tonitruant et répétitif. L'effondrement enveloppa Antoine qui se réveilla en sursaut.

* * *

Antoine éteignit le réveil de son portable avant de se lever, endolori par cette nuit toute aussi fatigante que la journée de la veille. Apaisé par le son de la douche que prenait Judith non loin de la chambre, il sentit éclore en lui ce que ce diable de Néga tenta de semer durant leur entretien, la graine de l'angoisse, le germe d'une fleur prune qu'il n'était pas parvenu à sauver.

L'angoisse portait en elle une pure subjectivité sans aucun élément concret. Il ne s'agissait que d'un dossier vide se remplissant uniquement de présupposés et de variables mal définies, un véritable fantôme. Une force insidieuse, légère, qui préparait le terrain pour sa sœur moins avenante, la peur. Antoine pouvait ressentir ce subtil tremblement affecter ses pensées, cette inquiétude provisoirement infondée érailler ses convictions les plus ancrées.

Il avala son petit-déjeuner avec lenteur, tentant de retrouver une certaine sérénité par la gestuelle de son couteau à beurre. Après cinq ans de vie commune, Judith disposait du don de détecter le trouble chez son compagnon à l'état de ses tartines.

— Y a trop de beurre sur celle-ci, examina-t-elle d'une voix tendre et amusée.

— C'est parce qu'il n'y en a pas assez sur l'autre, là, répondit-il simplement.

— Ah parce que...

— Oui, faut un équilibre sinon...

— Sinon c'est le bordel, mais oui mon chéri je comprends, conclut-elle en esquissant un léger rire.

Ce rapide échange constituait chez Judith un moyen de vérification de l'état psychique d'Antoine. Son timbre de voix, son humour, sa façon de formuler ses réponses, tout s'assemblait en une multitude d'indices lui permettant de statuer sur la nécessité d'investigations complémentaires.

Ici, rien ne laissait percevoir la moindre trace de contrariété, et effectivement, il n'y avait rien.

Là demeurait l'aspect pernicieux de l'angoisse. Si l'esprit devait être assimilé à un bâtiment, l'angoisse effleurerait les fondations à la recherche d'une fissure à étirer. Il convenait d'y voir un agent de repérage pour un futur séisme destructeur, suffisamment entraîné à naviguer entre les pensées sans risquer d'être démasqué et arrêté.

L'angoisse aurait pu ne pas s'attarder si le contexte avait été plus tranquille. Néanmoins, Néga à travers son simple dilemme avait su cerner le caractère d'Antoine ; il aimait le contrôle et demeurait facilement influençable sitôt qu'il risquait de le perdre.

Préparant son sac avant son départ, Judith laissa dépasser de l'un de ses classeurs une lettre où Antoine crut lire « Mise en demeure ». Encore piégé dans sa torpeur matinale, il releva le détail sans amorcer une éventuelle demande d'explication.

Judith l'embrassa tendrement avant de le quitter pour assurer l'ouverture de sa boutique.

* * *

Dans la continuité de la veille, la charge de travail d'Antoine n'amorçait aucune descente vers un niveau acceptable. Des reprises s'avéraient attendues sur l'ensemble des livrables qu'il avait pourtant envoyé au milieu de la nuit. Affecté par ce mauvais retour qui le surprit d'autant plus qu'il demeurait convaincu d'avoir traité l'ensemble des sujets avec rigueur, il dut se résoudre à s'entretenir avec son supérieur pour traiter une à une les réclamations de leur client.

Le pas timide, la mine anxieuse, il toqua à la porte du chef d'équipe, tel un adolescent convoqué dans le bureau du proviseur. Un « oui », sonnant et trébuchant, lui commanda d'ouvrir, il entra.

Le bureau de Fabrice Thillier s'établissait dans la quintessence de l'impersonnel. Aucune photo de famille ou d'enfant, pas la moindre marque de fantaisie, uniquement un plan de l'île de France punaisé sur un cadre de liège aussi terne que ce manager au costume trop cintré. De multiples attaches colorées ponctuaient les villes et les grands axes, indiquant par un code couleur les affaires en cours, à venir ou achevées. Cette carte de la région lui donnait l'envergure d'un chef de guerre ou d'un baron du crime, pointant ses terres conquises ou ses territoires contestés.

— Ah... Antoine, Antoine, Antoine... répéta-t-il comme pour imprimer ce prénom qui lui échappait souvent, qu'est-ce que tu m'as fait avec les paramètres géotechniques ? C'est de la folie ! indiqua-t-il en dissimulant son mécontentement sous un air amusé.

Fabrice Thillier n'avait pas toujours eu cette allure de chef de guerre, tout du moins, pas avant l'arrivée de Patrick Morille. C'est à ce nouveau directeur régional que l'entreprise devait ses nouveaux jouets managériaux et la détérioration de la qualité de vie au travail. Excessivement jaloux de cet arriviste dont il estimait mériter le poste de longue date, Fabrice se devait de soigner ses chiffres et de brosser ses projets dans le sens du poil, pour guetter patiemment la chute de son rival.

— C'est une moyenne basse bien sûr, se justifia le trentenaire de sa voix assurée, mais vu la fiabilité des données de terrain j'ai voulu prendre des valeurs un peu conservatrices, j'ai pu gagner du temps sur le calcul en prenant des hypothèses un peu... lourdes oui, mais au moins on était sûr que ça passerait et ça prend moins de temps à la rédaction... vu l'urgence...

— Attends je t'arrête tout de suite, l'interrompit Thillier, t'es en train de me dire que tu fais des choix techniques par flemme de faire mieux ? On travaille pas comme ça ici Antoine...

— Non mais Fabrice... rétorqua-t-il à voix basse pour marquer une respectueuse lassitude plus que de l'agacement. Je reçois le truc hier en catastrophe, à rendre le soir même, je suis parti à minuit pour l'envoyer dans les temps, évidemment que je prends des hypothèses conservatrices.

— Et tu tiens une cimenterie j'espère ? Parce que des pieux bétons de 1,2 m de diamètre quand on peut en mettre des 0,8 m ça fait désordre un peu...

— Admettons, si j'avais fait comme tu dis, j'aurais envoyé le rapport aujourd'hui ou demain et le client aurait râlé tout pareil...

— Mais je vous ai jamais dit de finir à minuit pour rendre un dossier les gars oh ! Nous, on fait de la qualité ici ! Là tu vas devoir faire des reprises sur tes calculs, ça reviendra au même niveau délais...

Antoine détestait l'habitude qu'avait Fabrice de dire « vous » au lieu de « tu », de camoufler un reproche direct en un semblant de réquisitoire collectif.

— Donc si ça revient au même où est le problème Fabrice, où est-ce que j'avais le choix ?

— T'as pas compris c'est pas grave, je te laisse mûrir le problème de ton côté, on en reparlera, je te retarde pas plus longtemps.

Effectivement, Antoine ne comprenait pas.

Malgré sa posture avachie dans le cuir de sa chaise de bureau, Fabrice le toisait, jouant de son statut pour faire de leur relation un échange à sens unique. Aux yeux d'Antoine, quelle importance pouvait bien avoir cette affaire sur le chiffre de l'entreprise ? Sur sa réputation ? Sur ses compétences ? Aucune, pour Antoine, son chef d'équipe s'amusait simplement à jouer des coudes en risquant le minimum.

Le contrôle, voilà ce à quoi servait ce cas, asseoir son autorité, conserver un semblant de contrôle sur les évènements. Antoine imaginait que le manager moderne n'avait pas été érigé comme un modèle débordant humanité, mais comme un cuisinier appliquant une recette pour guider un salarié d'un point A à un point B. Or ce dernier savait très bien y aller seul. L'utilité du manager revenait donc à tirer sur la laisse de temps à autre, pour donner l'illusion que si le salarié était parvenu à B, c'était avant tout grâce à lui. A ses yeux, l'encadrement était à prendre au sens propre, des murs dans chaque direction.

Antoine vit son manager glisser un dossier vers l'intérieur de son bureau. Un classeur sur lequel était inscrit au feutre « Ligne 19 ». Se pouvait-il que cet incident stupide soit responsable de son écartement de la direction de ce projet ? Il sentit ses angoisses confirmées, ses inquiétudes fondées. Si Fabrice savait conserver une impression de contrôle, Antoine venait de la perdre.

* * *

En quittant le bureau de son supérieur, il ne se rua pas vers le rapport incriminé comme la logique l'aurait voulu mais vers un autre fichier sur son ordinateur, simulant son prêt immobilier. S'employant à la variation de certains chiffres, en prenant notamment en compte une brusque perte de revenus de sa conjointe et la stagnation de son propre salaire, il alla de déception en inquiétudes toujours plus grandes.

Son revenu seul ne pouvait en aucun cas régler ses mensualités. Une discussion s'imposait avec Judith, un échange redoutable car impliquant de converser des choix de vies et des aspirations de chacun. De telles décisions, commandées pour des raisons financières, ne pouvaient être prises sans générer une houle de contrariétés. L'intensité de son angoisse atteignit dès lors son paroxysme.

Lui qui redoublait de précautions, voilà que la menace d'un certain échec financier se présentait sur le court terme. Ce qu'il avait jusqu'ici pris pour un rêve étrange avait su le prévenir à temps. Peut-être saurait-il corriger ce désagrément sans que les conséquences ne soient trop importantes ?

Ruminant ses pensées en même temps qu'il corrigeait ses calculs jugés trop prudents, il jaugeait par quelques coups d'œil l'expression de ses collègues. Sans doute avaient-ils évoqué l'affaire à la pause-café du matin. Alexandre qui aspirait à devenir un bien meilleur ingénieur voyait sûrement l'image de son modèle pâlir. Contrairement à ce que commandait son intuition, Antoine pensait que le monde de l'entreprise ne pâtissait pas tant de la hiérarchie que des interactions entre les employés du même niveau. Les échecs des uns servaient de leçons aux autres, et les mots employés dans les discussions informelles s'avéraient parfois plus cruels qu'une remontrance patronale.

Son angoisse grandissante le conduisait progressivement à descendre la pente d'une douce paranoïa. Il se savait entouré de collègues avides de gravir l'échelle des responsabilités, ravis à l'idée d'un concurrent abattu en plein vol.

Il perdait de l'estime pour ceux qui partageaient son bureau sans se douter que la seule estime en péril fut celle qu'il avait pour lui-même. La semaine défila au rythme de son inconfort, qui croissait sur cette chaise de bureau grinçante au son des cancanages.

L'angoisse et son message rempli de « peut-être », venaient de persuader son hôte de la réalité de ceux-ci. Le doute devint une croyance, la croyance devint une certitude. Lentement, mais sûrement, Antoine glissait dans les griffes du plus désagréable des parasites, la peur.

4.

La peur et ses falaises de craie noire

Dans une coordination d'équipe particulièrement efficace, un sinistre relais, l'angoisse laissa à la peur le soin de tarir davantage l'état d'Antoine. Les deux semaines qui suivirent son premier rêve furent chargées tant sur le plan affectif que professionnel. Le trentenaire incubait son infection, sans manifester d'éventuels symptômes susceptibles d'alerter son entourage. Les carreaux de ses chemises se resserraient davantage autour de lui, tel un filet de responsabilités auquel il ne pouvait réchapper.

Chaque soir, il voyait Judith rentrer toujours plus rayonnante, s'épanouissant dans son activité.

Chaque matin, il se levait plus tôt pour lire les différents courriers de relances, la comptabilité désastreuse et le manque de clients de la petite épicerie.

Chaque jour devenait un sursis, son esprit procrastinant éternellement cette discussion qui devait avoir lieu. Par volonté de la préserver, par souci de confort, il repoussait l'échéance. Que pouvait-il bien lui dire ? Lui conseiller de stopper ce qui la rendait de toute évidence heureuse pour rentrer à nouveau sur le chemin du salariat dont elle avait eu tant de mal à s'émanciper ? Ce qui lui apparut comme la meilleure solution semblait aussi la plus périlleuse ; compenser. Il compenserait le manque à gagner, il travaillerait deux fois plus, trois fois plus s'il le fallait. Il gagnerait l'estime de Fabrice, obtiendrait une augmentation, et permettrait à leur cadre de vie de rester inchangé. Après tout, il avait le contrôle, tout du moins, il s'en persuadait. Tant pis si leur couple s'égratignait lentement sur l'autel d'une tension en suspens, tant qu'il en conservait la responsabilité.

* * *

Au travail, ce qu'il prévoyait être une Blitzkrieg devint un véritable Vietnam de dossiers interminables. Jour après jour, il s'embourbait dans des projets semblant se complexifier sans même qu'il eût besoin d'agir. Il ne comptait plus les changements de dernière minute venant d'architectes et les demandes techniques incongrues le poussant à revoir des rapports datant du mois dernier, sans compter les nouveaux projets s'amoncelant chaque jour sur le contreplaqué de son bureau. Un véritable château fort de paperasse colorée s'élevait sans l'ombre d'un pont-levis permettant de le franchir. Mettant tout son talent à l'œuvre pour maintenir adroitement la tête hors de l'eau, il se pensait épié par Thillier à chacun de ses faits et gestes.

À mesure que son plan de charge montait, il voyait s'approcher la limite de sa submersion, à l'aube d'une réunion d'équipe.

* * *

Les réunions d'équipes avaient lieu chaque semaine, censées être des lieux de partage et de relative régulation du plan de charge de chaque collaborateur. En réalité, la surcharge permanente et durable avait su enrhumer la mécanique du système ; un ingénieur trop chargé ne pouvait se résoudre à transmettre un projet en cours à l'un de ses collègues. Le temps passé en passations diverses, à expliquer les tenants et aboutissants de l'affaire faisait perdre de précieux jours pour les rendus, en plus de constituer une charge de plus à gérer.

Car là trônait fièrement le petit diable du management moderne survenue au milieu des années 2020 ; l'imputation <u>dynamique</u> sur projet. Cette quantité, comptée en points-jours, représentait le temps disponible à passer sur une mission pour que celle-ci soit rentable. Un crédit qu'il ne fallait pas dépasser sous peine de faire sombrer un projet dans les flammes infernales de la marge négative.

Sur le papier, l'imputation n'avait rien de neuf et constituait un solide outil de gestion de projet, pragmatique et utile. Mais à tout outil ses dérives, et l'arrivée de Patrick Morille et sa nouvelle méthode apporta le simple adjectif « dynamique » qui changea toute la formule. Derrière ce terme trônaient 3 facettes malignes que Morille avait baptisé « Le système T.O.P ».

T pour Transparence

L'imputation se devait être au réel du temps dépensé, à l'heure près.

Si Antoine désirait se soulager d'un dossier brûlant à l'un de ses collègues, occasionnant une passation d'une demi-journée, alors chacun devrait s'imputer d'une demi-journée, soit une journée complète de perdue sur ce crédit temporel parfois limité à de faibles quantités. Ceci impactait particulièrement les affaires modestes, et donc, confinaient la charge de travail aux ingénieurs à qui elles avaient été données.

O pour Optimisation

Si la marge sur les prix de vente de l'ingénierie avait toujours été assez faible, le marché s'était si considérablement tendu qu'il demeurait impossible d'augmenter les prix. Le système précédent attribuait un nombre de jours de travail fonction du prix. La nouvelle doctrine, quant-à-elle, fut de limiter le nombre de jours d'imputation à une grille dépendante du type de mission et du grade de l'ingénieur attribué au projet, quel que soit le prix de vente. La grille était bien sûr revue deux fois par an, de quoi rendre très concrète la dimension dynamique du système.

Un ingénieur comme Antoine, expérimenté, n'aurait que deux jours d'imputations disponibles lorsqu'un Alexandre tout juste débarqué d'école en aurait le double pour la même affaire.

P pour Performance

Les formations, réunions diverses et activité hors projets étaient décomptées sous forme d'un seuil en pourcentage que l'ingénieur ne devait pas dépasser. S'il était amené à le dépasser, son cas était examiné directement par les ressources humaines et Patrick Morille, pouvant se conclure par une retenue sur salaire. Cela était déjà survenu, et surviendrait encore probablement, malgré la tempérance de certains chefs d'équipes.

La corruption de la gestion de projet par le système T.O.P s'illustrait par l'émergence d'un circuit parallèle de l'imputation, où les jours s'échangeaient et se négociaient à prix d'or pour un service rendu ou une aide sur un rapport. Nul besoin d'une hiérarchie autoritaire lorsque l'administratif et le management 2.0 offraient tous les outils de contrôle et de régulation de la masse salariale.

La méthode Morille n'avait rien d'exceptionnelle. En une poignée d'années, elle s'était répandue comme une traînée de poudre à toutes les entreprises du secteur. L'herbe n'était pas plus verte ailleurs, il n'y avait tout simplement plus d'herbe à brouter et les moutons se dévoraient entre eux.

Cela était sans compter la mauvaise foi d'un collaborateur sur deux qui, bénéficiant d'une période plus tranquille et de projets grassouillets en imputation, feignait la surcharge de travail pour ne pas avoir à accepter une autre besogne susceptible de le mettre en danger. Une tourbière de problématiques que les managers et autres chefs d'équipes laissaient prospérer de peur de faire éclater des drames.

La tristesse de cette ingénierie moderne, la terreur de la fin des années double 20, résidait ainsi dans la cruauté horizontale, des collaborateurs entre eux, plus que de l'autorité hiérarchique, verticale, plus traditionnelle, et finalement mieux acceptée. L'inaction, la sidération, et la peur gangrenaient chaque échelon du système. Une tyrannie de tableaux de suivis avait su écraser toute volonté de procéder autrement.

Antoine, les deux mains collées sur sa nuque fléchie vers son écran, polluait son esprit par ces énièmes remises en question, tout en pestant sur ces affaires qu'il ne parvenait pas à conclure.

Il rentra de nouveau à une heure avancée de la nuit, sans prendre le temps d'embrasser Judith qui dormait pour deux. Antoine s'écrasa sur le lit comme pesant trois fois son poids en contrariétés diverses. Gesticulant dans un sommeil agité, il rêva de nouveau.

* * *

Le bar refit son apparition.

Un bar, au milieu d'un nulle part.

La décoration tape à l'œil aux insupportables néons, le comptoir défraîchi rempli de cacahuètes, pistaches et autres arachides, l'odeur de bière tiède, s'assemblaient en un théâtre idéal pour une retrouvaille amicale.

Néga surgit dans le hall d'entrée avec précipitation, comme s'il venait de réchapper à l'enfer. Saluant brièvement les autres clients, il commanda sa pinte et vint s'asseoir sur la banquette en face d'Antoine, qui dévorait de pleines poignées de noix de cajou.

Le trentenaire remarqua que son improbable compagnon avait troqué son imperméable raccommodé pour un caban soigné. Le teint plus rose, les cheveux légèrement plus ordonnés, il offrait un visage empreint d'une certaine vitalité en comparaison de leur première rencontre.

— T'as meilleure mine que l'autre fois ! s'écria Antoine en guise de salutation.

— Ouais ! C'est grâce à toi ma poule ! Notre p'tite discussion de la fois dernière m'a redonné du pep's... Alors, comment ça va le boulot ? La 19 ? Judith ?

Antoine déglutit une gorgée de blonde avant d'acquiescer.

— J'ai l'impression que Thillier va pas me la filer, j'ai vu le dossier sur son bureau l'autre jour, il m'en aurait parlé au lieu de m'engueuler. Et Judith... son affaire ne tourne pas mais je sais pas comment aborder le sujet... de toute évidence elle est dans le déni ça crève les yeux.

— Le déni... Tu sais ce qui est formidable avec le déni ? demanda-t-il en esquissant un sourire satisfait qu'Antoine ne perçut pas, le regard bas, fixant la teinte ambrée de son verre.

— Non... je ne vois pas, se contenta-t-il d'avouer.

— Il est universel ! Tout le monde est dans le déni ma poule ! On choisit de voir ce qu'on veut voir, on choisit de penser et d'agir selon des formats, des cadres bien définis parce qu'on estime que cela est juste et bon ! Des chevaux avec des œillères lancées dans cette course absurde qu'est la vie, c'est ça la condition humaine !

L'homme au caban mit les mains de part et d'autre de sa tête et mima un cheval au galop pour appuyer son exposé.

— Et alors Néga, c'est supposé m'aider ta philosophie de comptoir ?

— Tout grand philosophe est un buveur de bière l'ami, pas pour rien qu'ils sont tous de l'autre côté du Rhin ! Je suis pas là pour t'aider ma poule, je suis là pour te dire la vérité... tout du moins, une vérité que tu ne veux pas entendre.

Néga ponctuait ses phrases de plâtrées de noix de cajou, mâchouillant bruyamment tandis qu'il discourait, agitant les mains, occupant tout l'espace comme s'il s'agissait d'une représentation scénique.

— Tu vois l'aiguille dans la petite Judith, mais tu ne t'occupes pas de la gigantesque poutre qui te crève les yeux, ajouta-t-il.

— Chacun ses problèmes Néga, les miens je les gère au jour le jour.

— Ah ça pour mettre la poussière sous le tapis t'es le champion. Je suis sûr que t'irais jusqu'à acheter d'autres tapis pour mettre encore davantage de poussière dessous hein ?

— J'aime pas parler de ça, c'est des faux problèmes pour moi tout ça. Y a plus grave dans la vie.

— Aïe aïe aïe que c'est pas bon de raisonner comme ça ! Y a toujours plus grave ma poule, c'est pas parce que t'as une gastro et le voisin un cancer que ça va t'empêcher de gerber tes pistaches pas vrai ?

— C'est pas ta meilleure métaphore ça...

— Si tu prends pas conscience des problèmes t'auras aucune chance face à eux, reformula-t-il.

— Mais ça me fait peur !

Néga rit à gorge déployée, visiblement heureux d'avoir provoqué le mot qu'il attendait depuis le début de la conversation.

— Tu veux qu'on sorte prendre l'air ? s'empressa-t-il de répondre.

Antoine acquiesça.

Le duo franchit le seuil du bar, Antoine en tête. La même vision d'un ciel crépusculaire leur faisait face. Dépourvue d'une lune ou de la lueur d'une étoile naissante, la voûte demeurait un fond orangé, variant entre le cuivre et le jaune poussin.

Leur excursion ne les porta qu'à quelques dizaines de mètres du bar, jusqu'à un gigantesque précipice de près d'une centaine de mètres de profondeur, où se hérissaient des pics rocheux. Ramassant à ses pieds un fragment de roche provenant de la falaise, Antoine remarqua que celle-ci s'effritait, laissant une trace noire sur ses mains.

De la craie, mais noire, une curiosité géologique improbable. Émerveillé par cette découverte, il fut ramené à la réalité par un tremblement du sol sous ses pieds. Il recula de quelques pas, avant de voir un pan entier de la falaise s'écrouler dans le précipice, dans un vacarme assourdissant.

— Mais, si ça s'érode à ce rythme le bar va tomber dedans ! s'indigna Antoine.

— C'est certain... mais ne t'inquiètes pas, il suffit de reculer de trois pas régulièrement...

— Mais on finira par atteindre le bar !

— Précisément.

— Et à tomber dans le précipice... conclut le trentenaire, comprenant la portée de l'image.

— Que faut-il faire alors ? questionna Néga d'un ton professoral, souriant d'une manière aussi espiègle que dérangeante.

— On recule le bar ? proposa Antoine dans son réflexe d'homme du bâtiment.

— Non, on saute.

En une fraction de seconde, Néga poussa Antoine du bord de la falaise. Le jeune homme chut dans un hurlement de panique sous le rire gras de Néga qui le fixait en agitant les mains.

— La peur c'est crucial, c'est vital, c'est excellent pour le moral ! À la prochaine ma poule !

* * *

Antoine se réveilla en sueur, se précipitant à la cuisine pour se servir un verre d'eau dans l'espoir d'évacuer cet état de presque gueule de bois qui l'étreignit.

Il était en vie, il n'était pas tombé, tout cela n'avait rien de réel. Un simple mauvais rêve sans signification, dépourvu de logique.

Un pur nectar de craintes circulait en son sang, une cascade de frayeurs jaillissant de ses peurs quotidiennes pour se jeter dans un océan de terreurs profondes. Cette chute fantasmée fit écho à celle qu'il pressentait pour sa vie.

Cette charge de travail qu'il endurait au quotidien, il l'acceptait par peur de se sentir inutile et incompétent.

Cette fuite sentimentale qu'il assumait pleinement, il la portait par peur d'être abandonné et de se sentir à nouveau seul.

Deux peurs qui elles-mêmes s'enracinaient dans une peur plus globale, plus primordiale, celle de la mort.

L'esprit d'Antoine, comme de tant d'autres êtres humains, s'agitait souvent par crainte de disparaître sans n'avoir rien accompli de pérenne. La quête d'une immortalité symbolique, à travers la transmission, la construction, l'enfant, s'avérait essentielle et vitale à ses yeux. Seulement, dès lors qu'il s'approchait de cet objectif, il s'apercevait de son caractère vain, quasiment irréalisable.

Ce qu'il pensait détenir lui échappait, ses certitudes s'effondraient sous le poids des angoisses, jusqu'à ce que la peur devienne l'unique certitude. Le célèbre « Je pense, donc je suis » de Descartes se transmuta rapidement en un « J'ai peur, donc j'existe », qui le brûlait de l'intérieur.

Même en réalisant une carrière exceptionnelle, en dimensionnant un monument de l'ampleur de la tour Eiffel, son nom finirait par s'effacer par les vents du monde. Quant aux enfants, il doutait de ses capacités à les élever mieux qu'il fut élevé lui-même. Comment pouvait-il à la fois les aimer et parvenir à joindre les deux bouts ? Il appréhendait cet amour que l'on disait instinctif, de peur d'en être privé à la naissance de son fils. Et s'il ne ressentait rien à la vision de cette chose fragile ? S'il se contentait de s'occuper de lui comme il s'était occupé de ses projets, en répondant à une norme, à ce qu'on exigeait de lui ? Avec l'échec ou l'ignorance pour toute récompense.

L'angoisse diagnostique l'ouvrage qu'est l'âme, avant que la peur ne vienne de son séisme cisailler ses fondations, menaçant de le faire s'écrouler.

S'il est facile de dissimuler ses angoisses, la peur se dévoile comme un symptôme visible de tous. Une légère toux précède souvent une fièvre.

* * *

Mécaniquement, il tenta une évasion désespérée sur son téléphone en faisant défiler le fil d'actualité de ses réseaux sociaux. Une grossière erreur qu'il regretta presque aussitôt. Happé par ce contenu qu'il savait pourtant superficiel, il ne put retenir son écœurement face aux multiples photos de groupes d'amis dans des lieux exotiques, de couples transpirant leur bonheur par publications croisées et de phrases copiées collées de magazines de psychologies aux chevets d'une image d'animal en voie de disparition.

Lui en demeurait l'éternel absent.

Chaque publication de ses amis brillait par son absence. Tout renvoyait ce spectateur silencieux devant son sentiment d'inutilité, cette peur de disparaître s'il n'existait pas en exhibant une vie toute aussi commerciale et factice. Antoine voyait ses amis se réjouir d'un repas partagé, étalé sur des dizaines de photos, lorsque les messages qu'il leur avait adressés demeuraient sans réponse.

Cette myriade de profils présentait probablement les mêmes aspérités, angoisses et craintes que lui. Nombre d'entre eux constituaient un vivier de potentiels dépressifs prospérant dans un certain déni de la vacuité de leurs vies.

Tous espéraient briller aux yeux des leurs, paraître pour faire oublier la laideur de la précarité humaine.

Le progrès avait su donner les outils du bonheur sans en communiquer les recettes. Tous s'adonnaient à ces formidables inventions en parfaits autodidactes. Sans doute le temps trouverait le moyen de lisser les comportements trop vifs qu'elles suscitaient.

Pour l'heure, les écrans, sous couvert d'images affriolantes, s'inscrivaient comme les spectres de peurs sous-jacentes. Telles les catacombes d'une ville 2.0, chaque pixel de joie disposait de son opposé, dissimulé à l'ombre d'un pouce levé.

5.

L'agressivité et son torrent magenta

Si la peur succédait à l'angoisse, elle n'accomplissait qu'une mission préparatoire, un travail préliminaire pour l'invasion d'émotions plus puissantes dans leurs démonstrations. L'intervention de la peur revêtait une dimension à long terme. Faire choir un être humain dans une dépression constituait, comme pour tout processus, un phénomène s'inscrivant dans la durée.

N'importe quelle personne pourrait se remettre d'évènements désagréables et violents si ceux-ci incarnaient un caractère ponctuel. Un mauvais moment familial pousserait le sujet à se réfugier dans sa sphère amicale ou professionnelle, et réciproquement. Mais lorsque ces dernières s'avéraient abîmées par les affres de la vie, la chute devenait plus aisée.

Méthodiquement, avec la plus grande rigueur, peur et angoisse s'employaient à ébrécher chacune de ces sphères qui assurait la stabilité de l'âme. Elles éradiquaient, une à une, toutes les solutions de repli pour l'esprit d'Antoine.

Progressivement, toute notion de confort disparaissait au profit d'un stress permanent, naturel.

À la manière d'une grenouille plongée dans un bain tiède dont on monterait progressivement la température, Antoine serait ébouillanté avant de ressentir la moindre brûlure. L'esprit ne se soumettrait à la dépression que par une douleur lente et progressive, lancée à une intensité raisonnable. La fatigue et l'usure restaient les armes les plus efficaces pour soumettre un être humain, même le plus robuste.

* * *

Durant les semaines suivantes, Néga se fit rare, préférant se faire désirer. Son œuvre progressait d'elle-même. Véritable cuistot des émotions et états d'âme, il laissait gentiment reposer sa pâte en vue d'un pétrissage vif et vigoureux. Sa proie mijotait à feu doux, l'ébullition viendrait bien plus tardivement.

Antoine noyait son stress dans un travail toujours plus précipité, voire bâclé, peinant à se satisfaire de la moindre de ses actions ; il s'affaiblissait. Piégé dans des sables mouvants faits de dossiers, de mails et de coups de téléphone, il s'enfonçait irrémédiablement sans cesser de se débattre.

Néga profita de l'éloignement de Judith lors d'un week-end chez ses parents pour passer à l'étape supérieure de son plan. L'individu savait pertinemment que l'hyperactivité d'Antoine ne lui permettait pas, curieusement, d'atteindre les tréfonds de son cœur. Il agissait selon un rythme bien défini, intervenant sur les temps de repos. Il attendait patiemment que la tasse cérébrale soit posée sur la table pour y laisser infuser son sachet de thé toxique. Une victime n'en est pas une tant qu'elle n'est pas isolée de ses congénères.

Ce week-end de solitude intervint comme une aubaine pour l'homme au caban noir. Lorsque le sommeil vint s'emparer d'Antoine, après une semaine épuisante, un nouveau rêve s'installa.

* * *

Un bar, au milieu d'un nulle part.

Si la décoration du bar n'avait pas changé d'un brin, Antoine pouvait apercevoir sa fréquentation évoluer. Les tabourets se vidaient mais les verres restaient pleins, servis à une clientèle invisible. Seul un jukebox rompait le silence du lieu, se faisait l'écho de *Paranoid* des Black Sabbath qu'Antoine écoutait à peine, éperdument vautré sur la banquette, reluquant la file de pintes vides qu'il collectionnait sur sa table sans personne pour le juger.

Néga ouvrit la porte avec fracas, fardé d'un blouson de cuir noir. Se dandinant au rythme de ce morceau de hard rock, il retira une paire de lunettes de soleil pour dévoiler ses yeux brillant d'une lueur violette. Dodelinant de la tête à chaque pas, lui donnant plus la carrure d'un pigeon que d'un rockeur émérite, il plongea sur la banquette comme pour entrer en scène, plein de vitalité et de fougue.

— Mais voilà le plus beau ! Comment ça va pas bien ma poule ? s'écria-t-il en le jaugeant par-dessus ses lunettes.

— Tout va s'écrouler... je suis mort de peur... gémit l'intéressé, ivre de sa biture onirique.

— Bon la peur c'est pas mal mais c'est qu'une étape, eh tu m'écoutes ? dit-il en secouant l'épaule de son protégé, maintenant faut agir ! Fais preuve d'agressivité coco ! C'est ça la clef de la réussite !

— L'agressivité ? Mais je vais pas taper sur tout le monde pour avoir gain de cause ça va pas ! s'offusqua-t-il sortant de sa torpeur alcoolisée.

— Je te parle pas de violence nounouille ! Viens donc, toi qui aime sortir, je vais te montrer ce que c'est que la véritable agressivité.

Peu rassuré par l'annonce de Néga, Antoine se leva et accompagna l'homme en noir au dehors du bar.

Là, à quelques mètres de l'atypique bistrot, s'écoulait un torrent dont Antoine ne perçut d'abord que l'effroyable bruit. Un cours d'eau d'une férocité inouïe, teinté de magenta, percutant roches et berges avec fracas telle une foudre minérale. Çà et là, des fragments cailloux et des éclaboussures jaillissaient à quelques mètres de hauteurs.

— T'as vu ça ma poule ! C'est ça, l'agressivité !

Antoine peinait à entendre ce mentor au blouson de cuir tant le courant résonnait jusqu'à l'horizon. Trop près du torrent, le trentenaire fut frappé de plein fouet par ses projections. L'eau demeurait brûlante, excédant les cinquante degrés. Il poussa un râle de douleur avant de rejoindre Néga qui se tenait à une distance raisonnable.

— C'est pour m'ébouillanter que tu m'as fait venir ici ? râla Antoine.

— Non ma poule, regarde ce torrent, regarde ce taureau lancé à vive allure ! Qui peut le stopper ? Il arrache les roches, creuse la terre, et tous les poissons y sont portés vers l'horizon, et pourtant...

— Ce n'est que de l'eau... compléta Antoine qui semblait réaliser l'allégorie.

— Exactement ! Tu vois quand tu veux, s'exclama-t-il avec goguenardise. Ce n'est que de l'eau, l'important c'est l'énergie cinétique qu'elle accumule, là réside l'agressivité.

— Donc si je comprends bien faut que je me jette du haut d'une montagne et que je dévale une pente pour que tout s'arrange ? plaisanta Antoine.

— Tiens ce serait marrant ça, s'esclaffa Néga avant d'apposer une tape amicale sur son épaule.

Devant ce geste tendre et amical, Antoine baissa la tête, ressentant davantage le manque cruel d'affection qui l'envahissait chaque jour un peu plus. Chaque contact physique qu'il avait avec Néga semblait puiser dans ses forces, et exciter davantage son mystérieux compagnon nocturne, gagnant en conviction à mesure que lui sombrait dans une nausée de sentiments déplorables. Englué dans ses rêves et ses névroses, Antoine ne remarquait pas le vampire qui lui faisait la conversation, les crocs affûtés, rougeoyant du sang de sa victime.

— Eh reste avec moi p'tit gars ! surgit le blouson noir. Oublie pas que t'es pas n'importe qui, t'es ingénieur, t'en as dans la caboche ! L'élite de la France ! Alors l'élite se sort les doigts et va aller rétablir les choses telles qu'elles devraient être.

— T'es marrant toi... et si je me loupe ?

— Et si tu fais rien ? L'avenir appartient aux audacieux ! Use de finesse, d'intelligence... regarde-moi ! Tu crois que je laisse les choses faire comme un vulgaire ang... que je laisse les choses faire ? Se reprit-il, comptant sur l'état vaseux d'Antoine pour oublier son lapsus.

— J'ai... bien quelques idées, confia le trentenaire.

— Tu veux être une flaque d'eau ou un torrent ? C'est la seule question que tu dois te poser.

À cet instant, le sol se mit à trembler dans un remous tonitruant.

— Ah ! Je crois que c'est ici qu'on se laisse ma poule... n'oublie pas, flaque ou torrent ! Il faut choisir !

— Attends ! Je...

Antoine eut à peine le temps d'essayer de retenir son compagnon qu'une trombe d'eau magenta surgit du sol pour venir l'emporter loin de ce décor fantasque. Un flash violacé l'éblouit.

* * *

Antoine se réveilla en sursaut, palpant chacun de ses membres comme pour s'assurer de sa réalité. Cette fois, il n'eut aucune envie d'un verre d'eau salvateur. Tentant de refermer les yeux pour glaner quelque repos supplémentaire, il s'enroula dans les draps humides de transpiration sans parvenir à se calmer. À chaque battement de paupière, à chacune de ses respirations, il revoyait l'intense lueur violacée submerger le noir de son esprit. Une sombre lumière apportant un message - *Bats-toi pour ce que tu veux... Tu le mérites* -

Lorsque son réveil sonna le glas de cette pénible nuit, le trentenaire se sentit investi d'une tout autre envergure que les jours précédents. Un mieux-être factice, obscur, qui constituait la prochaine étape de son périple émotionnel, l'agressivité. Pour qu'un individu s'autodétruise, il s'avérait de bon ton de ne pas le laisser s'effrayer perpétuellement. La peur pour la peur conduisait à une certaine inactivité, une pétrification de l'esprit. Mais l'ego, en tant que véritable système immunitaire de l'âme, finirait par réagir. Le génie de Néga fut de se servir de son influence pour corrompre cet ego. Ainsi, au lieu d'éliminer la cause, Antoine s'attaquerait aux conséquences. Le système mis en place par Néga, sournoisement, observait la même mécanique qu'une maladie auto-immune. Le véritable responsable, lui, fut pour l'instant écarté de tout soupçon.

* * *

Dès son arrivée au travail, Antoine, mut par un nouvel espoir, se précipita dans le bureau de son directeur, certain d'obtenir gain de cause tant il estimait ses demandes légitimes et justes. La force de son aveuglement transformait ses désirs en convictions, et ses convictions en morale.

— Fabrice je voulais te voir pour faire un petit point sur les projets en cours et pour te parler d'un sujet... débuta-t-il sur un ton amical.

— C'est la G3 du Perreux c'est ça ? jaillit son directeur, toujours préoccupé par la tenue de l'ensemble des projets, jetant des regards en coin à son tableau de chasse sur le mur.

— Heu non pourquoi elle va très bien la G3... hésita-t-il un instant.

— Ah... oui... qu'est-ce que je peux faire pour toi alors ? reprit-il, davantage avenant.

— Voilà ça fait huit ans maintenant que je suis chez ARES, j'ai pas mal d'expériences aujourd'hui et je voulais discuter de ma rémunération.

— Ah ! Eh bien, discutons, asséna-t-il en quittant les yeux de son écran pour planter ses pupilles rondelettes dans celles de son employé. Tu veux une augmentation c'est ça ?

— Oui enfin avant ça je voudrais te demander s'il était possible de passer chef de projet, ce qui justifierait ma demande de rémunération supplémentaire.

— Tu sais, prendre du galon c'est facile... demain je peux prendre n'importe lequel de l'équipe et le nommer directeur, mais il sera pas directeur pour autant tu comprends ? demanda-t-il dans une rhétorique qu'Antoine peinait à assimiler, ne voyant pas où son chef voulait en venir.

— Je crois oui...

— Ça se mérite au temps et aux sacrifices consentis un grade... soupira-t-il dans un accès de sagesse.

Pour autant, Antoine ne se laissa pas déstabiliser, fermement convaincu qu'il obtiendrait satisfaction en recentrant le débat et en insistant davantage.

— Je pense avoir fait ma part pour celui-ci non ? Au bout de dix ans, demander à être chef de projet, je pense que c'est pas déconnant non ?

— Haha je te fais mon numéro ! plaisanta-t-il de manière caricaturale. Aucun souci pour le grade... ça fait un petit moment que j'y pense. Pas d'objection pour t'accorder le rôle de chef de projet.

— Excellent ! Merci Fabrice.

— En revanche pour la rémunération... nous avons une grille de salaire et surtout... nous devons maintenir une certaine homogénéité salariale entre nos collaborateurs tu comprends ? reprit-il d'un ton plus protocolaire et grave.

— Je...

Antoine sentit la discussion lui échapper. Il eut soudain l'impression fugace d'agir comme une abeille fonçant dans une toile d'araignée, persuadé de briser le fil de soie à force de gesticulations, mais finissant par s'embourber dans le piège qu'elle tenta de déjouer.

— Regarde mon écran, je devrais pas te montrer ça attention hein ? feint-il dans une pantalonnade à peine déguisée. C'est tous les salaires de l'équipe, répartis sur un nuage de points et tu vois toi, t'es déjà sur les extrémités du nuage, je peux pas me permettre de t'augmenter cette année ce serait pas juste pour le reste du nuage tu comprends ?

— Ah oui... je... je vois... le nuage...

— Bah oui... qu'est-ce qu'ils penseraient hein... puis t'as un bon salaire, y a pas que l'argent dans la vie haha ! Combien tu crois que je gagne moi ? rétorqua-t-il pour achever les rouages de sa rhétorique finement rodée. Tu voulais me demander autre chose ?

Antoine savait la bataille perdue. Cette dernière question n'avait pour objectif que de laisser une porte ouverte à un dernier coup de marteau pour enfoncer le clou de son échec. Cependant, cela restait une occasion à saisir, car un sujet trottait toujours en son esprit.

L'abeille qu'il était avait encore un dernier dard à planter avant de se faire dévorer par l'araignée.

— Oui ! J'ai bien compris l'histoire du grade au mérite et le... concept du nuage, et si tu me confiais les rênes de la 19 ? Tu sais que j'en parle souvent de ce projet et ce serait une occasion rare et bienvenue de faire mes preuves qu'est-ce que t'en penses ?

— La 19 ! Eh bah ça par exemple t'as bien fait de venir m'en parler. Écoute je vais y réfléchir et je te tiens au jus ! assura-t-il avant de le congédier poliment.

Si l'entretien se déroula en demi-teinte, la perspective d'une amélioration restait encore d'actualité, n'occasionnant aucune baisse dans la redoutable énergie qui l'habitait depuis sa dernière entrevue nocturne.

L'araignée venait d'enrouler sa proie dans un cocon tissé dans la soie des désillusions.

* * *

Au cours de la soirée du lendemain, et tandis qu'il partageait un repas avec Judith à leur appartement, Antoine s'employait de nouveau à esquiver la discussion sérieuse qu'il souhaitait voir mener. Courbé sur son assiette, le regard écartelé entre deux petits pois, il n'avait pas faim. Il n'avait plus faim. Cela durait depuis quelques semaines, comme si l'angoisse et les contrariétés remplissaient son estomac d'un plâtre sale et visqueux. Quand bien même il mangeait, toute sensation de goût le quittait, pour laisser une saveur fade, terne, d'un plaisir disparu.

Judith l'avait remarqué à sa façon de tourner sa fourchette dans le cratère béant de sa purée. Le visage souriant timidement, silencieux, la jeune femme discourait de banalités, sautant d'un sujet à l'autre en gardant l'espoir d'intéresser son compagnon. Mais rien n'y faisait, le goût de ses mots avait la même saveur fade que le contenu de son assiette.

Au fond de lui cependant grommelait une agitation semblable à un volcan sur le point de se réveiller. Son esprit ressassait des faits, des évidences, que ses lèvres ne parvenaient pas à retranscrire. Il aurait voulu parler, mais les phrases n'auraient eu aucun sens. Il aurait voulu hurler, mais le son n'aurait pas été audible. Il aurait voulu, toujours plus, sans émettre l'effort pour obtenir.

Sans écouter ce que sa compagne partageait, son esprit se plongea à nouveau dans le souvenir de ce torrent magenta. Il lui fallait oser, oser franchir ce cap douloureux, faire face à ce qu'il redoutait temps. Ainsi, ce n'est que par la grâce d'une question de Judith, qu'il sentit venir le moment opportun pour son réquisitoire.

— T'as l'air soucieux pourquoi tu me parles pas ? demanda-t-elle avec une voix douce.

À son cœur déformé, toute douceur de sa fiancée semblait revêtir un ton provocant.

— Je suis fatigué par le boulot...

— Je sais que c'est pas évident en ce moment, mais tu vas quand même pas te plaindre d'avoir du boulot ! s'exclama-t-elle en esquissant un petit rire supposé détendre l'atmosphère.

— Justement, j'ai un peu l'impression de bosser pour deux ces temps-ci... je sais que ça va pas trop l'épicerie...

Judith rougit, autant vexée par la remarque de son compagnon que par ce sujet qu'elle aurait souhaité taire.

— Tu sous-entends quoi là ? Que je bosse pas ? Je me lève à 6h tous les jours pour tenter de faire tourner cette boutique, je suis chef d'entreprise, c'est quand même autre chose que de rester derrière un bureau en attendant que le salaire tombe.

— Mais je...

— Mais je quoi ? Je sais que c'est pas glorieux niveaux revenus mais c'est comme ça, ça va venir, faut juste se bouger et être un peu courageux.

— Parce qu'il suffit d'être courageux c'est comme ça que ça marche ? s'agaça-t-il en haussant le ton.

— Parfaitement, si ça te peine tant que ça de travailler pour ARES t'as qu'à t'en aller et puis voilà ! Je comprends pas pourquoi tu te prends la tête comme ça.

Antoine se sentait comme assommé par la discussion. Ses multiples scénarios intérieurs le donnaient pourtant gagnant. Jamais il n'aurait pu penser que celle qui partageait sa vie pourrait faire la preuve d'autant de verve.

Aux yeux de son ego, chacun des propos de Judith fut interprété comme hostile. Celle qui devait être un partenaire de vie venait de troquer sa parure angélique pour revêtir l'aura d'une rivale, d'un ennemi.

Mais ses nerfs semblaient trop tétanisés par la surprise pour réagir à la mesure de ce qu'il ressentait. Baissant à nouveau la tête sur sa purée aux allures de champ de bataille, il se terra dans un silence qui de toute évidence lui seyait mieux. Ses mots paraissaient s'être barricadés dans les sillons de pomme de terre tels des poilus dans une tranchée attendant l'assaut.

Judith, irritée, se contenta de quitter la table en ramenant les assiettes à la cuisine dans un soupir las.

— Bon, puisque t'as pas faim, on débarrasse.

Les mains de la jeune femme eurent beau retirer l'assiette d'Antoine, il resta à regarder la nappe, perdu dans des pensées trop vastes pour lui. Il aurait voulu pleurer, délester ses nerfs de la pression qu'il s'infligeait, mais l'heure n'était pas au chagrin, pas encore.

— Tiens, et serait peut-être temps que tu t'intéresses à notre projet de week-end en Italie plutôt qu'aux motifs de la nappe hein ? grommela-t-elle avec sarcasme.

À la simple entente du mot « projet », Antoine sentit en lui une nausée l'envahir, comment diable ce mot avait pu en quelques années occuper toutes les bouches qu'importent les secteurs.

Les politiques, les entreprises, les amis et maintenant sa compagne, tous ne parlaient que de projets, de projets et de projets, lui-même en demeurait un parfait exemple. À croire que l'humanité se transformait en une infinité de start-up individuelles, toutes justes bonnes à établir des listes de tâches alignées sur un tableur informatique.

Il quitta la table et parti se coucher, sous le regard larmoyant de Judith. Un regard que son esprit, trop occupé à ressasser ses propres émotions, ignora.

* * *

Judith resta un moment, seule dans la cuisine, à essuyer frénétiquement les assiettes de ce dîner gâché. Elle pesta contre son compagnon pour ne plus avoir la délicatesse de s'occuper de quoi que ce soit à l'intérieur de l'appartement depuis des semaines, avant que son agacement ne plie l'échine devant son immense inquiétude.

Jamais dans leur relation elle n'avait pu constater pareil état d'Antoine, comme si son âme l'avait désertée pour une pâle copie de lui-même. Son silence pesant, sa mine renfrognée et maintenant ses reproches inconsistants ne lui ressemblaient pas. Leur routine si rose ne s'était pas estompée par l'usure, elle se tachait d'un noir mat que la jeune femme peinait à identifier. Après tant d'années à marcher dans la même direction, voilà que l'amour de sa vie se décidait d'arrêter d'avancer.

Dans ses relations passées, Judith fit souvent l'expérience de choix de vie différents aboutissant à des chemins divergents. Mais jamais elle n'aurait cru voir quelqu'un s'appesantir à ce point sur sa propre situation.

Alors qu'elle retenait encore ses larmes, voulant croire à une simple passade, son téléphone vibra. Il s'agissait d'un texto, envoyé par l'un de ses anciens camarades de fac, une période oubliée, gommée par ce présent qui la consumait lentement.

« *Salut Judith, ça fait un bail ! J'espère que tu vas bien ? Qu'est-ce que tu dirais d'aller prendre un café samedi ? Histoire qu'on se raconte nos vies. Ça me ferait plaisir de te retrouver... Bises, Frédéric.* »

En temps normal, elle n'aurait porté aucune attention à ce texte. Mais ces dernières semaines de solitude couplées à l'attitude d'Antoine lui firent reconsidérer la proposition. Après tout, cela ne constituait qu'un moment amical autour d'un café, et si Antoine avait occulté leur projet de week-end, autant qu'elle pense un peu à elle.

Elle répondit en acceptant sobrement la demande, avant de rejoindre leur lit où Antoine s'allongeait en diagonale, une nouvelle habitude dont elle n'appréciait guère la symbolique. Bien qu'elle réprouvât son comportement,

Judith sentit de nouvelles larmes l'envahir, espérant encore, que ceci ne serait qu'une passade.

Endormi dans un sommeil d'argile, le volcan intérieur d'Antoine se fracturait par de nouveaux séismes. Si l'agressivité venait d'échouer, une autre émotion se fraya un chemin en ses tripes congestionnées. Tôt ou tard, ses entrailles finiraient par céder devant ce fiel qui les remplissait, semaine après semaine. La colère viendrait.

6.

La colère et son mont pourpré

Le cœur de l'open space souffrit de bien des choses en cette fin d'année, mais le sapin saturé de guirlandes à froufrous tout droit sorti d'une revue de Pigalle mit en valeur le tout. En une matinée de l'avent pourtant synonyme de gaieté, le vent de l'hiver vint souffler le froid des mauvaises nouvelles.

Fabrice usa de la pause-café pour détourner subtilement Henri, un collègue d'Antoine, vers son bureau afin de l'entretenir de la ligne 19. Au cours des dernières semaines, il avait eu le loisir de jauger la fragilité d'Antoine qui, bien que bon techniquement, semblait sujet au surmenage. Sur de tels projets s'étalant sur des mois voire des années, il jugea comme un risque inadmissible de confier le projet à, selon ses dires, un individu susceptible de se mettre en arrêt maladie au moindre pic d'activité.

Henri présentait toutes les qualités du poste, intelligence servile, célibataire, flexible et complètement détaché humainement de l'influence que son travail pourrait avoir sur lui. Du même âge qu'Antoine, il s'érigeait en un rival de circonstance, une sorte de gendre idéal à l'opposé des nombreux défauts du trentenaire dépressif. Propre sur lui, ordonné, dynamique, il savait se rendre avenant et charmeur, lorsque Antoine, bien que généreux, peinait à adresser un sourire en ces temps troublés.

Si le directeur agit avec discrétion, ce ne fut aucunement le cas de son nouvel élu, annonçant en fanfare sa nomination auprès d'un auditoire de collègues impressionnés. Antoine, lui, ne put qu'afficher un effarement de circonstance.

Ce dernier apprit la nouvelle à son retour d'une intervention sur chantier par temps de pluie, les vêtements couverts de traces de boue et les bras chargés de sacs d'échantillons de terre. L'annonce fut un véritable choc, à ses yeux, une véritable trahison venait de survenir.

Il demeurait si attaché à cette heureuse perspective, si confiant dans cette échappatoire à sa crise, qu'il en occulta le risque d'échouer. Le sourire d'Henri incarnait un poignard honteusement planté dans ses entrailles.

Sans dire un mot, Antoine posa ses échantillons et rebroussa son chemin, vêtu de sa chasuble orange, portant son casque sous le bras. Il irait dormir chez lui, puisqu'il ne devenait bon qu'à ça, s'en irait oublier son échec dans de longues chimères ou le sens importait peu. Henri constitua son équipe et répartit les tâches avec vigueur et enthousiasme, une équipe dont évidemment, Antoine fut absent.

Qu'importent ses obligations, il lâcha son sac à dos près de la porte de leur chambre avant de se jeter tout habillé dans son lit, cherchant de force un sommeil réparateur qui lui aussi, l'avait abandonné. Il finit par osciller entre rêves déformés et réalité fantasmée, dans un entre-deux permanent avant qu'enfin, le bar revienne répondre à son besoin.

* * *

Un bar, au milieu d'un nulle part.

Au creux de ses rêves, érigés comme autant de refuges provisoires, il était encouragé et ponctionné par le seul être acceptant de lui prêter oreille, Néga.

Le bar vibrait d'une multitude d'habitués dans un tapage de verres et de voix rauques. L'agitation faisait perdre les nerfs aux clients qui se livraient à de puérils pugilats de comptoir.

L'échauffourée s'arrêta net à l'entrée de Néga qui défila souriant, vêtu d'un costume noir de haute couture et d'une cravate de soie violette, parmi les allées jonchées de morceaux de verres collés par les bières renversées. Tous reprirent des activités plus calmes, laissant Antoine s'en retourner à sa désormais habituelle banquette écaillée.

Néga, tout en élégance, alluma une cigarette et en prit une copieuse bouffée. Une première pour cette figure maigrichonne qui hantait les nuits d'Antoine depuis plus de deux mois.

Avec le temps, les cauchemars se changèrent en retrouvailles morbides, l'esprit embrumé de l'ingénieur peinait à considérer la nature véritable de cet être imaginaire. Plus d'une fois sur deux même, il se réveillait sans souvenir des termes échangés avec son ami nocturne. Aux yeux de Néga, la mémoire des mots ne revêtait qu'une importance secondaire, seule comptait l'incidence émotionnelle, l'état dans lequel Antoine émergerait de leur nouvel épisode d'échanges.

Tout au plus, Antoine considérait Néga comme une manifestation de son subconscient, essayant de le raisonner, une sorte de guide. Là résidait toute la perfidie de ce type de créatures, qui parvenaient à agir sans exister. Un mode opératoire de génie leur conférant une relative impunité.

— Ça n'a pas marché... râla Antoine, excédé devant Néga qui le fixait en crachant régulièrement un épais nuage de fumée.

— Ah bon ? Vraiment ? feint-il de réagir. Es-tu allé jusqu'au bout ?

— Oui je me suis montré acteur, ou agressif si tu préfères, pour qu'au final tout s'écroule c'est...

— Injuste... oui ! l'interrompit-il. Mais là c'est à toi qu'appartient le choix de ne pas laisser l'injustice perdurer. Tu t'embarrasses d'un peu trop de politesse ma poule, envoie les chier, brise les codes, rentre leur dedans !

— Devant eux je suis respectueux alors qu'eux ne se gênent pas pour me piétiner à la moindre occasion. Y a pas de marques d'affections, pas de tendresse, aucune compassion en fait ! Même Judith, ça fait des semaines que je suis mal, tu penses qu'elle pourrait prendre deux minutes pour m'aider ? Non, elle pense qu'à se dorer la pilule en Italie ou à aller voir ses potes !

— Exactement, tu sais pourquoi ils se comportent comme ça ? renchérit l'individu perturbateur. Ils n'ont pas autant de pudeur que toi mon petit Antoine, t'es bien trop gentil pour ce monde de brute. La colère, l'énervement, le coup de gueule, voilà qui rétablira la donne.

— Mmh... tu penses que ce sera efficace ? questionna le trentenaire qui désirait agir avec pertinence.

— L'histoire s'est forgée par les batailles et les guerres, pas par des « excusez-moi, j'aimerais vous parler d'un sujet », 10 000 ans d'efficacité derrière la colère. Même les animaux hurlent et crient pour se faire respecter, veux-tu être un loup respecté ? Ou un chiot éventré par le mâle dominant, plein de cicatrices, tout juste bon à manger les restes de la meute ?

— J'ai peur de ce que ça donnera si je m'énerve.

— Ce n'est plus à toi d'avoir peur ma poule, la peur a fait son temps, on a toujours peur avant un combat, maintenant tout ce qui compte c'est la pointe de ta lance.

— Oui mais je suis pas tellement du genre guerrier Néga, c'est une question de tempérament...

— Et pourtant ça t'a pas empêcher de cogner le petit Alexis qui t'avait cherché des noises nan ? évoqua-t-il en puisant dans les souvenirs de son hôte.

— J'avais 15 ans !

— Mais tu étais la même personne... peut-être que tu as gagné en docilité avec l'âge, ou peut-être simplement que tu t'es soumis en oubliant de te battre quand il le fallait.

— T'as pas tort...

— J'ai raison même, comme toujours... conclut-il en prenant une nouvelle bouffée de sa cigarette avant de l'écraser avec virulence dans le cendrier. On a tous nos exigences et nos envies, mon poulet, mais les autres aussi ont les leurs... personne ne peut avancer sur son chemin sans heurter celui des autres... vint alors la question fatidique que tu dois te poser, les autres, ou moi ? Je te laisse y réfléchir.

— Il pourrait y avoir un juste milieu, ça peut être les autres ET moi, non ?

— Non ma poule, ça, c'est un doux rêve, le but de tout être humain est de maintenir la tête de son ennemi sous l'eau suffisamment longtemps pour qu'il devienne un allié ou se noie. Les idées ne triomphent pas par leur intelligence ou leur à propos, elles triomphent par la force, et durent dans le temps par le souvenir de cette colère primaire qui les a conduits à régner.

Antoine n'eut pas le temps de méditer les paraboles de Néga qu'un immense tremblement secoua le bar, produisant des effets de marées dans les pintes de tous les clients.

— Qu'est-ce que c'était ? s'inquiéta Antoine.

— Viens je vais te montrer un truc intéressant... se contenta de répondre Néga.

Epoussetant la cendre de son costume, le maigrelet endimanché fit signe à Antoine de le suivre au dehors du bar. Les portes s'ouvrirent sur un spectacle des plus chaotiques.

Là, à quelques centaines de mètres, se dressait un volcan en pleine éruption, vomissant une lave épaisse, noirâtre. Une fumée violacée couvrait la voûte céleste qui ne s'illuminait que par des éclairs noirs et blancs, irisant davantage un ciel déjà instable. Couronnant le tout, d'immenses rochers pleuvaient aux alentours, écrasant les habitations périphériques dans de sourdes percussions. Un roi en colère se tenait devant eux.

— Mon Dieu mais ces gens sont en train de mourir, il faut faire quelque chose Néga ! paniqua l'ingénieur.

— Tu veux rire ? Qui leur a dit de construire leur maison à côté du volcan, asséna l'endimanché en allumant une nouvelle cigarette. Ils viennent le provoquer et pensent s'en tirer impunément.

— Mais ce volcan n'était pas là la dernière fois non ? Comment pouvaient-ils savoir ?

— En chacun de nous brûle un perpétuel incendie ma poule, un brasier incandescent qui consumerait tout s'il en avait l'occasion. Tu auras beau l'étouffer, le contenir par des stratagèmes et des bons sentiments, il finira toujours par entrer en éruption. Et tu sais quoi ? Plus tu le contiens, plus sa chambre magmatique rentre en pression, et plus l'explosion est cataclysmique !

Les blocs de roches pourpres se mirent à fondre sur des maisons éloignées, se rapprochant de plus en plus du bar. Les pentes raides du colosse fulminant s'effondraient sous le poids de la catastrophe qu'il déchaînait. Antoine eut un pincement au cœur.

— Je ne sais pas si ce Volcan sera apaisé par cette éruption...

— Non Antoine, certainement pas, mais c'est dans sa nature.

L'un des blocs se mit à chuter vers leur direction, repéré seulement par Néga qui en jeta sa cigarette au loin, l'air pensif.

— Ah ! Je crois que c'est ici qu'on se laisse... À très vite ma Poule.

Le rocher écrasa Antoine dans une déflagration violette.

* * *

Antoine se réveilla en sursaut, hurlant dans son appartement plongé à présent dans la nuit, ivre d'une rage soudaine. En face de lui, Judith l'observait avec ire mêlée d'inquiétude. Elle qui rentrait à peine de l'épicerie voyait son compagnon dans un état qu'elle n'aurait jamais cru voir un jour.

— Qu'est-ce qui te prend à hurler comme ça ? On a des voisins je te rappelle ! rappela-t-elle à mi-voix.

Antoine, dans un état second, encore marqué par l'épisode du rocher, adopta en réponse un ton particulièrement cinglant.

— Tiens ! Moi tu t'en fous mais les voisins ça c'est important !

— Comment ça, je m'en fous ? T'oses dire que je m'en fous ? T'es sérieux ? Je passe mon temps à tolérer ton comportement depuis des mois ! T'en fous pas une ! Tu passes ton temps à dormir et à faire la gueule !

Antoine éclata de rire, un rire nerveux aux allures sardoniques faisant encore davantage ressortir ses traits marqués et ses cernes creusés.

— Je passe mon temps à travailler, à travailler pour nous, mais surtout à travailler pour toi, et tu dis que je fous rien ?

— Travailler pour moi ? Qu'est-ce que t'essayes de dire ? s'agaça Judith dans une grimace d'incompréhension.

— T'as vendu combien de paquets de pâtes aujourd'hui ? Trois, quatre ?

Judith leva les yeux aux ciels et quitta la chambre pour se réfugier près de la bouilloire. Un thé serait plus que bienvenu pour adoucir l'illogisme et le mépris de son compagnon. Le bruit de l'ébullition progressive battait l'écho de la colère d'Antoine, qui sortit lui aussi de la chambre, chancelant, une fièvre tambourinant ses tempes.

La jeune femme fit couler l'eau avec délicatesse. D'un tempérament doux, Judith savait gérer les crises, et apaiser ceux qu'elle côtoyait.

Elle avait toujours porté en elle les atouts d'une implacable confidente, endurant les secrets les plus inavouables tout en prodiguant les conseils les plus sages. Ainsi, elle crut bon de recentrer le débat vers l'essentiel, vers ce travail moribond qui lui semblait gangrener le mental d'Antoine.

— Tu sais, débuta-t-elle en posant sa tasse, si ça te rend fou ce taf, et pour la deuxième fois, démissionne...

— Pour qu'on se retrouve à la rue ? Pour bosser dans ton boui-boui qui rapporte pas un kopeck ?

Les artifices de Judith pour reprendre le contrôle de la discussion n'avaient aucun effet sur la colère d'Antoine. L'échange tournait à sens unique. Inquiète, elle comprit soudain que peu importent les mots qu'elle emploierait, son compagnon n'avait plus pour seule logique que de cracher son venin et de rebondir sur le moindre de ses propos.

Elle se sentait prise dans les mâchoires d'un prédateur, cherchant à se dégager de l'étreinte tranchante, en vain. Le fauve en face d'elle prendrait plaisir à la mâchouiller encore et toujours, à chaque tentative de débat.

C'est alors qu'elle céda, elle aussi, à cette colère qui fit d'elle une ennemie. Si elle ne pouvait se résoudre à la raison, elle emploierait les armes de son adversaire, qu'importent les conséquences.

— Ça prend du temps à se lancer ! C'est un risque à prendre ! Tu préfères te prendre la tête avec tous tes collègues, une compétition permanente pour rien ? Être une petite fourmi sans avenir ? Tout ça pour exploser devant moi comme si j'étais responsable de tout ? s'emporta-t-elle.

— J'explose parce que t'es... t'es insupportable !

— Mais merde Antoine qu'est-ce qui te prend ? T'as pas dit un mot depuis des semaines et là tu vires au règlement de compte ? C'est tout ce que t'as à dire ?

— J'ai tout fait pour toi, tout !

— Bon, j'en ai marre ça devient débile je m'en vais... si tu crois que je ne t'aime pas assez, j'ai pas à me justifier...

Judith lui tourna le dos, sentant les larmes monter en elle. Tremblante, elle tenta d'attraper sa tasse de thé. Au même instant, Antoine ressenti une pulsion agressive envahir son esprit. S'il ne parvenait à exprimer clairement ce qu'il ressentait ou même reprochait à sa concubine, il ne pouvait se résoudre à laisser filer ce déchaînement. Tout comme le volcan de son rêve, il irait jusqu'à cracher le dernier rocher, vomir la dernière goutte de lave, pour que tous comprennent et réalisent son mal.

— REGARDE-MOI ! vociféra-t-il.

Judith, pétrifiée, renversa l'eau bouillante sur ses mains dans un petit cri de douleur. Prenant sur son courage pour ne pas se répandre en pleurs et fermement décidée à lui tenir tête, ses yeux se gorgeaient de sang et d'une tristesse amoureuse.

— Oui, je te regarde... tu crois que ça me fait plaisir de te voir comme ça ? Ça arrive à tout le monde d'avoir des problèmes mais si tu te bouges pas un peu ça va pas s'arranger, t'as plus 10 ans bon sang, grandis !

— Tu veux que je me bouge ? D'accord je vais bouger...

Devant le regard stupéfait de Judith, Antoine débaroula dans l'entrée, se saisit d'une valise qu'il commença à bourrer d'affaires prises au hasard dans leur penderie, sans aucune cohérence.

— Qu'est-ce que... qu'est-ce que tu fais ? lui demanda-t-elle d'une voix affaiblie, sonnée par les proportions de cette dispute.

— Y a que je vais me bouger, salut Judith ! Bon courage avec l'appartement hein ? Je te laisse gérer, va vendre tes bocaux de sauce tomate pendant que j'irai crever dans un coin ! rétorqua-t-il avec une condescendance marquée.

— Pourquoi tu fais ça ? Tu vas où ? peinait-elle à répondre.

Une sonnerie de portable vint interrompre la criticité du moment. Judith s'empressa d'ouvrir son SMS dans l'espoir d'une nouvelle lui permettant de temporiser. Son cœur se raidit à nouveau à la lecture du message, laissé par Frédéric. Cet ancien ami de lycée, particulièrement insistant, lui avait adressé un certain nombre de messages lourds et abusifs. D'abord intriguée par son invitation à boire un verre, elle s'était finalement rétractée, occasionnant une vague de messages remplis de compliments déplacés.

— C'est qui celui-là ? lâcha Antoine dont la colère voyait là une opportunité d'exploser à nouveau.

— Mais rien ! s'exclama Judith.

Antoine fondit sur Judith et lui extirpa le téléphone des mains, sous son expression attristée par sa déplorable conduite.

— Oh Frédéric ! Il se bouge dans la vie Frédéric ? Il est tout lisse et toujours heureux Frédéric ?

— Mais abruti il m'a juste proposé un verre j'y suis même pas allée !

— Bah tu devrais ! C'est sûrement un meilleur parti, regarde-moi tous ces compliments qu'il t'écrit !

— T'es vraiment trop con de dire ça ! Mais tire-toi d'ici si c'est pour dire des horreurs pareilles. Je t'aime moi, jamais je te dirais des trucs comme ça !

Judith, hors d'elle, voyait Antoine s'approcher de plus en plus de la porte, le teint écarlate, les yeux injectés d'un sang vicié.

— EH BAH PROUVE-LE !! hurla-t-il.

— J'ai rien à te prouver ! Soit tu le sais, soit t'as un problème ! renchérit-elle en exprimant toute la puissance vocale dons elle était capable, cherchant à avoir le dernier mot de l'impossible scène.

— Mon problème c'est toi... salut...

Antoine tourna la clef et ouvrit la porte, sonnant le glas des nerfs de la jeune femme qui s'écroula en de copieux sanglots.

— Si tu franchis cette porte, t'auras vraiment fait beaucoup de mal...

Sans même un regard de pitié, Antoine s'engouffra au dehors de l'appartement et claqua la porte.

* * *

Fatigue intense, courbatures, fièvre, tachycardie, tremblements parfois inopinés, une grippe de l'esprit se propageait dans le corps d'Antoine. Pour tout refuge, le trentenaire avait rejoint les locaux d'ARES TP pour y travailler toute la nuit sans interruption. Se gavant de barres sucrées, ingurgitant des cafés bouillants, il se déchaîna sur sa boîte mail, répondant aux multiples relances de ses clients avec le même ton que lors de ses échanges avec Judith.

La colère avait pour elle d'être l'une des rares émotions dont le sujet était persuadé de son utilité. Chaque poussière d'argument supposément utile à la justifier serait utilisée dans cet objectif. À quelle fin utile servaient donc la peur ou la joie ?

Tandis que la colère s'appuyait fondamentalement sur la frustration et une importante sensation d'injustice. Aux yeux de Néga, il demeurait important de conforter Antoine dans la légitimité de son point de vue tout en dénigrant la probité de ses adversaires supposés créer volontairement une situation néfaste. S'il voulait collecter le maximum d'énergie de ce déchaînement émotionnel, il lui fallait être le plus fin possible dans l'exacerbation du trouble de son hôte.

La colère ne tolérait pas la médiocrité. Timorée, elle serait vite étouffée pour récidiver après une longue période de gestation. Elle ne gagnait en qualité qu'en progressant dans la démesure des propos et des gestes. Profondément individualiste, la colère inspirait à ses sujets de considérer le monde comme une vaste armée contre un seul, un immense complot de tous contre soi. Il s'agissait du point culminant de tout épisode dépressif, le point névralgique où l'hôte disposait encore de moyens d'agir, qu'il dépenserait sans compter dans un processus d'autodestruction.

Dans les étapes précédentes, le sujet se voyait victime des autres, dans celle-ci, les autres devenaient sa victime.

Une émotion qui portait en cela de pervers d'isoler bien plus que ses consœurs. Si beaucoup éprouvaient de la pitié pour le chagrin ou la peur, rares sont ceux qui pardonnaient la colère. Véritable pivot pour un état dépressif, elle serait l'axe de la porte qu'Antoine pousserait pour accéder à son abîme personnel.

Toute cette nuit qu'il passa à travailler ne fut que furie, injure et péché d'orgueil. Chaque longue heure passée à son bureau déserté par ses collègues, il mûrissait son plan, exiger de Fabrice les rênes de la ligne 19. Sans que ceci ait la moindre importance en comparaison de la crise que traversait sa vie ou son couple, il se persuadait lui-même que cette victoire changerait le cours des choses.

* * *

Le lendemain, il fut réveillé aux aurores par le bruit de l'aspirateur du personnel de ménage. Loin de pouvoir nettoyer son esprit encombré, ce fut la tête saturée de frustration et épris d'une farouche vindicte qu'il émergea dans l'open space. Les arguments se bousculaient en son crâne, se mélangeant en un amalgame douteux, purulent d'approximations et de raccourcis accusateurs. Fermement décidé à ne pas laisser la nomination d'Henri s'effectuer sans accroc, il marmonnait devant son PC les phrases qu'il s'était imaginé prononcer, révisant tous les scenarii possibles. Fabrice Thillier fit son apparition en fin de matinée, saluant l'ensemble de ses collaborateurs avant de demander à Antoine de le rejoindre.

— Antoine tu passeras me voir j'ai plusieurs projets à te confier.

À cet instant précis, l'imaginaire d'Antoine s'émietta au profit d'un dernier espoir, celui de voir son supérieur s'excuser et chercher un compromis qui l'aiderait à se sortir de cette mauvaise passe. Un raisonnement égocentrique dont l'issue ne pouvait être que vaine. Au moment où il referma la porte du bureau, Fabrice sortit plusieurs dossiers urgents sur la table, qu'Antoine connaissait pour être les affaires suivies par Henri.

— Henri va devoir être à 100 % sur la 19, expliqua-t-il d'un ton pédagogique, faut qu'on trouve un chef de projet pour reprendre ses autres projets en cours, et figure-toi que j'ai pensé à toi ! Alors on a...

— Qu'est-ce que ça veut dire ? interrompit Antoine avec force et agacement. Pourquoi j'ai pas la 19 au juste ?

— T'es déjà chef de projet non ? Pourquoi, ça te suffit pas ?

— Non ce que je voulais c'était une augmentation légitime et les rênes de la 19 tu le sais très bien. Pas me taper les poubelles d'Henri !

— Moi je voudrais une île au milieu du pacifique avec deux belles nanas en bikini qui me masseraient les pieds en m'apportant un blue lagoon mais on a pas toujours c'qu'on veut.

— Pourquoi vous l'avez donné à Henri ? Pourquoi pas à moi ? Je le mérite !

— Il a plus d'expérience et il n'a jamais rendu de projets incomplets pour respecter les délais, lui.

— Ouais il a eu de la chance quoi ! Comment est-ce que tu veux que j'apprenne et que je monte en compétence si tu donnes systématiquement tout à Henri ? Tu me refiles ses miettes là, ça se trouve il a fait de la merde, et c'est sur moi que ça va retomber comme d'habitude !

Toute notion de respect hiérarchique le quittait, ne laissant plus que la vision d'un ennemi, d'un bourreau, d'un prédateur en chemise blanche.

— Je sécurise les projets, mon objectif c'est pas le bonheur de Monsieur Chabaud, c'est la santé et la réussite de cette entreprise ! rétorqua-t-il en haussant le ton. Arrête de te croire persécuté et de jouer les gamins capricieux ! Je vous rappelle qu'on vous paye décemment et que vous êtes dans une entreprise connue pour son caractère flexible et ses conditions de travail qu'on pourrait qualifier d'exemplaires !

— Quel modèle oui, quel modèle ! Ça dépend avec qui ! Arrête de vouloir me la jouer comme ça ! C'est un projet public avec une enveloppe énorme, qu'est-ce que tu risques à me le confier ? C'est juste que tu fonctionnes à la tête du client, voire peut-être même que demain tu le trahiras lui aussi Henri, quand le vent tournera ! continua Antoine, déchaîné.

— Si tu regardais plutôt les projets que je veux te donner plutôt que te monter le bourrichon sur la 19... soupira Fabrice, fatigué par la teneur du discours et désirant abréger la conversation.

Antoine aperçut une certaine volonté d'apaisement dans les yeux de Thillier, mais sa méfiance prit le pas, sa colère demeurait trop grande, trop pulsatile. S'il ne franchissait pas un pas supplémentaire, la situation ne progresserait jamais. Il se saisit alors des dossiers pour les jeter au travers de la pièce, sous le regard ahurit de Fabrice qui n'imaginait pas son collaborateur connu pour sa facilité à vivre capable d'un tel changement d'humeur.

— J'en veux pas de tes merdes ! Ça fait des années que je me coltine tous les moutons à cinq pattes dont vous voulez pas ! Chaque fois que y a une merde c'est ma faute, chaque fois que vous me pressez pour rendre, c'est encore ma faute si y a une coquille même en le rendant à l'heure ! Chaque fois que y a un truc qui m'intéresse, vous me faites croire que ça va arriver puis vous me l'arrachez des mains ! On est tous censés bosser ensemble, pas tous contre Antoine ! fusa-t-il, ivre de rage.

Fabrice, choqué, resta planté debout devant son bureau, peinant à trouver les mots justes. Antoine n'eut pas la patience d'attendre et sortit en claquant la porte, sous les regards inexpressifs du reste de son équipe, à l'exception d'Alexandre. Le jeune homme accourut à ses côtés tandis qu'il amassait ses affaires.

— C'est pas grave Antoine, tu sais y en a marre du Grand Paris, lui dit-il calmement après l'avoir rattrapé de justesse. Si t'as besoin d'un coup de main sur tes projets je suis dispo, j'ai une G2 qui se finit bientôt et...

— Te fatigue pas Alex... c'est trop tard... j'en ai plein le cul, je demande pas la charité, je demande le respect et la considération, ça te parle ? rétorqua-t-il avec virulence, toujours au sommet de sa colère.

— Ouais... eh je suis pas ton ennemi, tenta-t-il de calmer, je veux juste essayer de t'aider, je suis pas le seul à remarquer que ça va pas fort en ce moment, tu finis tard et puis tu fais pas de pauses avec nous et...

— T'as quel âge Alex ?

— 23 pourquoi ?

— Ok... retourne jouer aux cartes avec tes copains, et tu viendras me parler quand t'en auras 30.

— Très bien... répondit-il, davantage peiné par l'état de son modèle que blessé par ses paroles, je te laisse avec ton aigreur, tu viendras me parler quand tu voudras.

* * *

Refermant son ordinateur portable dans un silence général, Antoine rassembla ses effets personnels avant de s'engouffrer dans sa voiture. D'abord Judith, puis son travail, la colère venait de réussir à le couper complètement du peu de contacts qu'il entretenait avec le monde extérieur.

Sans même prendre le temps de préparer de quoi tenir quelque temps, Antoine prit la route en direction de nulle part. Roulant jusqu'à ce que l'aiguille du réservoir remplace celle de la montre au décompte du temps. Après quatre heures d'une ruée ardente à travers les autoroutes, écopant au passage d'un flash de radar, il se rangea, épuisé, sur une aire de repos. Sans rien connaître de sa localisation, il allongea son siège et se couvrit de son manteau, tentant de trouver un quelconque sommeil. La rage accélérait les heures, en une après-midi à peine, toute sa vie rangée s'écroula. Il ressentait la frustration d'un habitué de puzzle dont on saccagerait l'œuvre à quelques pièces de la fin. À ceci près qu'il occupait les deux postes ; la victime et le bourreau.

Toute sa vie il se consacra à bâtir, ne rechignant à aucune tâche, même les plus ingrates, pour que tout s'effondre au moindre coup de vent un peu marqué. La colère l'abandonna une fois sa mission accomplit, l'énergie si fulminante en lui fuit quelque part entre son bureau et ce carré de béton. À la manière d'un toxicomane éprit des stimulants, Antoine sombrait dans une descente cauchemardesque. Vertiges, nausées, maux de tête, la colère avait renforcé le mal en lui, faute de l'avoir désamorcé comme elle le promit pourtant. Plutôt que de rejeter la faute sur ses actes et sa méthode d'action, il se repassa en boucle les mots de Néga, qu'il trouva justes et fort à propos. « Personne ne peut avancer sur son chemin sans heurter celui des autres », ressassait-il à moitié endormi. Les autres demeuraient les seuls responsables, et la colère insuffisante pour que tous remarquent qu'ils entravaient son chemin.

S'il s'était vu comme un immense volcan à l'image du mont pourpré de son rêve, il réalisait n'être qu'une piètre fissure sous-marine, dont le magma étouffait sous des centaines de mètres d'eau.

Épuisé, il rejoignit un hôtel de passage, se vautrant dans une solitude aux draps sales.

7.

Le dévoreur de nuit

La rage d'Antoine avait su puiser la majeure partie de son énergie. Vautré sur ce lit crevé par des ressorts rouillés, son inconfort devenait total ; il ne se sentait bien nulle part, dans aucune position, dans aucune circonstance ; il brûlait de l'intérieur.

La chambre d'hôtel dépossédée de toute personnalité s'accordait parfaitement à l'image qu'il renvoyait. Le papier peint au blanc jauni s'offrait comme une manifestation du pourrissement progressif de son esprit. En quelques semaines, il avait vu ses idées s'éroder, ses pensées s'oxyder, ses tripes se livrer à des dilemmes jusqu'ici inconnus. Ce qu'il redoutait tant finit par se produire, l'explosion. Tels les fleurs prune de son premier rêve en compagnie de l'homme aux yeux violets, ses espoirs d'ordre et de perfection volèrent en éclat en même temps que son calme.

Si dans les premiers temps il prit son complice nocturne pour un simple cauchemar ressassé, il prenait peu à peu conscience de sa présence mortifère. Il le sentait se renforcer, murmurer des conseils dans l'ombre, accroître ses désirs, doper son ego. Ses idées se mêlaient à la volonté de cette chose, si bien qu'il peinait à comprendre la teneur de ses propres pensées. Tous ces évènements, ces mots prononcés, provenaient-ils de lui-même ? Ou étaient-ce le fruit d'une habile manipulation ?

Antoine perdait pied. À mesure qu'il s'enfonçait dans ses réflexions, il s'interrogeait sur sa lucidité. S'avérait-elle intacte ?

Toujours affaibli par sa colère, atteint d'une migraine foudroyante, il se rendormait parfois pour quelques minutes à peine, entrevoyant de multiples paysages de malheur que Néga dans sa fourberie, imposait à sa vision. Deux jours passèrent ainsi, à s'ulcérer d'horribles projections, à s'éponger le visage tous les quarts d'heure pour tenter de revenir à la réalité, et à couper son téléphone pour ne pas risquer de se confronter une nouvelle fois à ses semblables.

Parfois, il apercevait ses yeux déformés dans la glace de la salle de bains. Sa peau s'était marquée de stries bleutées et de rides profondes. Il avait tant ressenti en si peu de temps, qu'il demeurait un vieillard sentimental dans un corps en pleine force de l'âge.

Lorsqu'il aurait voulu écouter une musique réconfortante, ses oreilles malades lui renvoyaient d'atroces bruits désaccordés.

Lorsqu'il aurait voulu effleurer le velours duveteux d'une literie accueillante, ses mains s'écorchaient sur les draps secs et les oreillers rugueux.

Toute envie s'était éteinte comme s'il eut s'agit du carburant de ce damné incendie. L'envie de Judith, l'envie d'amis, l'envie de boire, de manger, d'apprendre, de se détendre, tout cela s'était consumé jusqu'à le dénaturer.

Le seul intermède à ce supplice silencieux intervint tandis qu'il se décida à ouvrir la porte pour y placer l'écriteau « Ne pas déranger ». À cet instant précis, et alors qu'il demeurait complètement fermé à tout stimulus visuel, passa devant ses yeux une vieille femme à la robe brodée et au châle de dentelle violette. Ébaubi, Antoine ne put que reconnaître cet accoutrement et cette gestuelle si caractéristiques ; la voyante l'avait retrouvé. La mâchoire entrouverte, pendante, il ne put que bredouiller sa surprise d'une voix sonore mais éraillée.

— Vous ! Ici ?! s'écria Antoine avec effarement.

— Ah ! M. Chabaud ! s'écria la cartomancienne comme s'il s'agissait de circonstances normales. Désolé je suis en vacances, je prends pas de consultation...

La vieille dame se hâta de trottiner jusqu'à la porte de sa chambre. Antoine se ressaisit, éprit d'une soudaine pulsion d'agressivité, il s'empressa de lui courir après, tout en l'alpaguant jusqu'à sa porte.

— En vacances ? Qu'est-ce que vous faites là ? Vous me suivez ? rétorqua-t-il avec virulence.

— Eh ! J'ai pas le droit de souffler 5 minutes ? bon je vous laisse y a le feuilleton qui commence !

La vieille dame entra dans sa chambre et entreprit de fermer la porte, avant qu'Antoine n'y glisse son pied avec force pour la maintenir ouverte.

— Non ! Attendez !

Elle sursauta, ses petits yeux qui avaient tant vu et observé s'effrayaient presque de l'expression démente du trentenaire face à elle.

— S'il vous plaît ! Il faut absolument que je vous parle ! Il faut que vous l'arrêtiez ! scanda-t-il, à bout.

— Arrêter qui ? J'suis pas d'la police mon garçon ! s'offusqua-t-elle.

— Vous allez me prendre pour un fou... depuis que vous m'avez reçu dans votre boui-boui là...

— Mon petit palace ! corrigea-t-elle en arborant un sourire pincé.

— Oui si vous voulez... y a un type habillé en noir qui vient dans mes rêves et qui me harcèle de conseils et d'entretiens... Je suis tombé d'une falaise, j'ai pris un rocher sur la gueule... j'ai l'impression de perdre les pédales, de plus me maîtriser... qu'est-ce que je dois faire ?

— C'est 30 euros la consultation mon charmant monsieur !

— Oui bien sûr prenez-les, j'ai 50 prenez, prenez ! s'emporta-t-il en sortant à la hâte un billet froissé de sa poche de devant. Mais dites-moi ce qui se passe pitié !

— Vous voulez un exorcisme, c'est ça ?

— Ah oui exactement c'est ça, c'est exactement ce qu'il me faut ! Vous savez faire ça ?

— Non, je suis voyante pas prêtre enfin !

— Pitié... supplia Antoine dont les joues rouges annonçaient une pluie de larmes.

— Bon, j'arrête de vous faire tourner en bourrique, entrez donc, on va consulter le livre.

— Le livre ?

La vieille dame ouvrit la porte et disparut dans les quelques mètres carrés que constituait sa chambre. Antoine fut très étonné de voir que l'espace avait été aménagé dans une décoration bien différente de celles des autres chambres. Au-delà même de l'agencement des meubles, le plafond et les murs se pavaient de formes géométriques, de carreaux peints aux motifs irréguliers. En contemplant ces fresques, l'ingénieur ressentit une sorte de sentiment de déjà-vu, avant d'être extirpé de ses pensées par la vieille femme.

— Vous avez vraiment des problèmes à la fin ou vous allez continuer de regarder le plafond comme un débile ?

— Pardon madame, je... j'ai déjà vu votre plafond quelque part... je crois... se justifia-t-il, penaud.

Feignant de ne pas écouter sa réponse, la cartomancienne sortit d'une armoire un immense livre aux reliures de cuir et aux pages jaunies. L'ouvrage épais, visiblement agressé par des années passées dans l'humidité, s'ouvrit sur des textes étonnamment bien conservés. L'encre y irradiait de couleurs vives, d'enluminures encore bien détaillées. La vieille femme, par-dessus de petites lunettes en demi-lunes, prospectait le tome à la recherche d'un chapitre précis, passant régulièrement son doigt sur sa langue à chaque page tournée. La lenteur de la recherche agaçait fortement Antoine.

— Vous allez faire chaque page comme ça ou bien y a un sommaire ?

— Je vous avais dit que le fait de ne pas conclure le tirage laisserait la porte ouverte vous vous souvenez... se contenta-t-elle de répondre en laissant son regard plongé dans le livre.

— Oui...

— Vous êtes partis comme un lapin... et faut croire qu'une saloperie en a profité pour coloniser votre esprit... vous dites que ça affecte vos émotions ? ça expliquerait pourquoi vous suez et vous gesticulez sans arrêt...ça ou bien un ver intestinal... songea-t-elle.

— Ça affecte mon jugement aussi... je suis complètement perdu, je suis terrifié, et en colère, et seul... bredouilla-t-il à deux doigts de tomber en sanglots.

— Bon déjà vous n'êtes pas seul... je suis là...

— Merci Madame...

— Pour une tite demi-heure après c'est 40 euros, corrigea-t-elle de son air pincé.

— Trop aimable.

— Faut bien gagner sa croûte. Alors donc, vous disiez, il joue avec vos émotions et vous fait perdre la boule, allons bon, à quoi il ressemble ?

— Il change de fringues tout le temps sinon, un homme, blanc, presque livide, maigre, toujours en noir avec une chemise violette. Il est assez élégant... Il m'appelle « ma poule » je sais pas si c'est un indice ?

— Il s'adapte à ce qui marche avec vous, vous connaissez quelqu'un qui vous appelait ma poule ?

— Mon grand-père parlait comme ça et je l'adorais.

— Voilà. Il vous a mis dans sa poche en utilisant des évocations verbales, diagnostiqua la voyante, gardant la tête penchée sur les pages.

— Vous savez ce que c'est donc ? C'est le diable ?

— Oh tout de suite... non je ne pense pas...

La vieille dame accéléra le rythme de défilement des pages jusqu'à tomber sur un chapitre pertinent. Se concentrant sur la lecture pendant de longues minutes, elle se contenta de hocher sa petite tête tremblante devant un Antoine terrifié.

— Non, ce n'est pas LE diable, en tout cas il est quelques dizaines de crans en dessous.

— Oh mon Dieu, c'est un démon ! Je suis possédé ? paniqua-t-il.

— Non. Pas exactement. Vous êtes ponctionné, récolté, drainé enfin c'est plus de cela dont il s'agit.

Antoine dont le teint pâle avait viré au rouge écarlate, prenait de profondes inspirations pour conserver son sang-froid, tâtant frénétiquement son ventre en pensant à l'image du parasite intestinal.

— Comment ça ? Pitié dites-moi ce que c'est que cette chose...

— Eh bien si j'en crois mon grimoire qu'on se refile...

— ... depuis des siècles oui vous m'avez déjà fait le coup avec les cartes...

— ... oui bah voilà jeune homme, si j'en crois l'ouvrage, il s'agit d'une créature nommée Esthinoxis, tenez regardez.

Antoine s'approcha du grimoire au papier émaillé, plongeant d'abord son regard sur l'illustration de la page de droite. Un nuage noir au sourire malicieux s'extirpait d'une tête d'enfant avant de chuchoter quelque chose à son oreille. Reportant son attention sur le texte, Antoine le lut à voix haute mais chevrotante :

« *Les Esthinoxis, aussi appelés Dévoreurs de Nuit, constituent un ordre de démons mineurs se nourrissant des émotions négatives de leurs victimes.*
Lorsqu'ils choisissent un hôte, ils cherchent à s'y développer en influençant leurs émotions par de puissantes suggestions oniriques.
Nouant une relation profonde avec leur partenaire, ils recherchent et préfèrent une dépression stable et durable dans ce qu'ils conçoivent comme des cycles émotionnels.
Plus les émotions sont fortes, plus ils accroissent leurs pouvoirs, jusqu'à théoriquement pouvoir se matérialiser en dehors des rêves. »

— C'est tout ? C'est tout ce qu'ils disent dessus ? Rien sur le moyen de s'en débarrasser ? s'énerva-t-il en refermant le livre avec force.

— Hélas je crains que vous ne puissiez rien faire de concret... soupira la cartomancienne.

— Et si nous terminions ce foutu tirage ? Vous aviez dit que c'était ça la cause !

— Vous fermeriez la porte définitivement, laissant cette entité bloquée en vous.

— Non... mais qu'est-ce que je vais devenir ! C'est de votre faute tout ça ! Votre faute ! hurla-t-il en s'approchant d'elle, l'air menaçant.

— Baissez d'un ton jeune homme ! Ne vous laissez pas dominer par ce qu'il provoque chez vous ! s'indigna la vieille femme qui lui tenait tête.

Antoine plongea sa tête dans ses mains comme pour se redonner une part de sang-froid. Il s'écarta de la voyante pour s'approcher à reculons de la porte de la chambre.

— Et comment je sais s'il s'agit de lui ou de moi ? demanda-t-il plus calmement.

— Je ne sais pas répondre à votre question, dit-elle avec sincérité.

— Quelle poisse... comment ça aurait pu être pire ?

— Très franchement, je peux vous montrer largement pire dans ce bouquin.

— Ça ira merci... commenta-t-il en levant les yeux au ciel.

Inspectant une nouvelle fois le curieux plafond maculé de symboles, Antoine eut soudain une révélation.

— Attendez une minute... ces symboles ce sont les mêmes que ceux sur la carte que vous m'avez tirées la dernière fois ! Je me souviens, oui, ce sont les mêmes !

— Votre temps est écoulé mon garçon, conclut la voyante en ouvrant la porte pour le congédier, on se revoit bientôt merci !

À peine eut-il le temps de comprendre qu'il se trouvait dehors que la porte claqua à quelques millimètres de ses pointes de pied. Durant de longues minutes, il tambourina à la porte de la chambre, vociférant.

— Attendez j'ai besoin de savoir ! J'ai besoin de savoir ! Ouvrez-moi !

La scène ne s'interrompit que par l'intervention d'une femme de ménage qui, passant à proximité de ce qu'elle prenait pour un fou furieux, l'anéantie d'une seule phrase.

— Il n'y a personne dans cette chambre mon garçon...

— Mais vous plaisantez, je viens d'avoir une conversation avec une vieille dame, y a pas 10 minutes !

— Oui certainement, c'est un hôtel de passage, on s'ramasse tous les cinglés du coin... se dit-elle à elle-même.

— Ben ouvrez ! Ouvrez avec votre passe-machin et on y regarde ! beugla-t-il.

La femme de ménage s'exécuta et ouvrit la porte, qui donna sur une chambre semblable à la sienne, au lit fait et au mobilier standard, sans aucune trace d'un passage humain.

— Vous êtes content ? Vous allez prendre vos cachets maintenant ? Crétin... y a que des crétins dans ce trou... soliloqua-t-elle en maugréant.

Antoine regagna son teint livide et ses rides creuses, avant de s'écrouler dans les ressorts de son lit, franchissant un pas de plus vers la folie.

8.

La haine et ses abysses blancs

Curieusement, l'étonnante révélation de la voyante n'avait nullement freiné sa colère. Bien au contraire, celle-ci se généralisait, portant en elle le germe d'une substance bien plus vicieuse, la haine. En cet état d'esprit demeurait un refuge silencieux où fermentaient les rancœurs et croissaient les idées les plus noires. À ce stade de l'infection émotionnelle, les mots n'avaient plus aucune consistance, il n'y avait que des idées, des images et des actes. Son aïeule la colère requérait des raisons, infondées ou non, lorsque la haine ne s'embarrassait d'aucune sorte d'argumentaire. Autonome, elle grandissait seule, se gérait seule, et ne sortait que rarement.

Le monde entier se changeait en ennemi, comme si tout avait été savamment réglé pour le persécuter, de Judith à la voyante, de son travail à Néga, tout s'assemblait en un puzzle de conspirations diverses, un complot d'une entité supérieure accablant Antoine de fléaux ordinaires.

Ulcérant son estomac à chaque pensée douloureuse qu'aucun mot ne vint soulager, il se visualisait agir.

Il s'imaginait détruire les bureaux d'ARES TP, brûler la voiture de Fabrice Thillier sous ses yeux, sortir un à un les mots vengeurs et déplacés prononcés par Judith depuis le jour de leur rencontre, il visualisait les visages dépités de tout son entourage devant lui, triomphal, ruinant leurs vies comme ils brisèrent la sienne.

Mais tout ceci restait encore à l'étape des fantasmes, ces gens demeuraient bien trop loin de cette chambre d'hôtel perdue dans la cambrousse pour risquer son courroux. Son attention se reporta alors sur le seul être qui, fantasme ou non, pouvait être jugé responsable de la situation, Néga.

Cherchant désespérément un sommeil vengeur, Antoine se tournait et se retournait dans son lit des heures durant. Allant jusqu'à marteler son oreiller de coups accusateurs, il poussait des jurons à l'encontre de cette manifestation qui semblait s'être évanouie.

« Arrête de te cacher ! Viens ! Je t'attends ! », hurlait-il dans le vide de la nuit d'hiver, perçant les murs aussi fins que moisis. Vociférant toujours plus, au grand dam du personnel de ménage, seul l'égosillement vint à bout de ses nerfs, finissant par l'endormir d'épuisement.

* * *

Les scènes des derniers jours défilèrent devant ses yeux, comme un diaporama d'instants de plus en plus atroces, une longue succession de moments navrants. Puis, le bar réapparu.

Un bar, au milieu d'un nulle part.

L'endroit n'avait plus rien d'un lieu de convivialité. Toutes les fenêtres demeuraient brisées, le comptoir ébréché par un faux plafond éventré. Les clients s'étendaient sur le sol en un carrelage morbide. Aucun jukebox ou néon ne venait égayer ce décor. Seul Antoine restait en vie, sur son habituelle banquette, une pinte de brune à la main, à laquelle il n'avait pas touché. Les yeux perdus dans ce noir frémissant, il se voyait plonger dedans pour s'y noyer après ce massacre onirique qu'il venait sans doute de commettre. L'esprit embrumé par le rêve, inconscient en partie de la révélation de la voyante, il vit Néga reparaître.

Néga entra dans son élégant costume, enjambant les corps dans une chorégraphie négligente. La créature semblait littéralement danser dans ce bain de sang mental qu'elle avait provoqué, se frottant les mains avant de s'asseoir en face de son hôte.

— Chouette ambiance... siffla-t-il avant de rire aux éclats, t'aurais pu nettoyer un peu, je savais que t'avais une petite tendance au bordel mais là !

— Ils le méritent... se contenta-t-il de répondre ignorant le caractère enjoué de son mentor.

— Eh oui ma poule je sais bien, mais là à part salir le carrelage...

— Je les hais... tous... avec leurs petites vies bien rangées, leurs soucis miniatures, leur sens du drame et la façon qu'ils ont tous à me priver de ce qui devrait être à moi, déclara-t-il froidement en resserrant son verre.

— C'est vrai qu'on a l'impression qu'ils se sont tous ligués contre toi, de vrais emmerdeurs ces hum... ces gens.

— Ils n'ont aucun intérêt... aucun, compléta-t-il. Si je pouvais je leur casserais la gueule tous, un par un...

— Ce serait dommage, tu risquerais de t'abîmer en route. Ici c'est facile tu peux faire ce que tu veux, mais dans la réalité aie aie aie...

— La réalité... répéta-t-il comme si son esprit s'éveillait légèrement. La réalité c'est que même toi, tu me donnes des conseils à la con ! s'emporta-t-il.

— Hum... drôle de façon de parler à un ami de longue date... focalise-toi plutôt sur cette détestation en toi, sur cette haine que tu as trop refoulée, rétorqua Néga qui tentait de recentrer son hôte vers son objectif.

— Ça fait mal...

— Oui mais... Il y a d'autres jobs, d'autres Judith et d'autres amis, si tu ne sais pas ce que tu détestes, comment pourrais-tu savoir ce que tu aimes ? Réduis ces souvenirs en cendre, fais-les descendre de leur piédestal, ils l'ont mérité. Ce n'est que justice.

— La justice... ce serait que tu partes.... Prononça lentement Antoine, retrouvant peu à peu ses capacités cognitives.

— Je te demande pardon ? rétorqua-t-il d'une subite autorité.

À cet instant, Antoine sentit son esprit lui échapper, comme si un brouillard épais tamisait son crâne pour le retenir dans ce rêve récurrent. Néga avait fermé son sourire pour arborer une mine renfrognée, agacée et patibulaire.

Feignant d'habitude le relâchement, l'individu costumé s'efforçait de l'agripper à lui.

— Je... sais que tu es un... esthi... esthinoxis... finit-il par lâcher, s'efforçant de maintenir son esprit dans le rêve tout en gardant suffisamment conscience pour s'adresser réellement à Néga.

Tant que la haine coulait à flot, le rêve semblait conserver un semblant de consistance.

Néga écarquilla les yeux, mêlant agacement et surprise.

— Tu sais rien du tout ma poule... serait temps de l'admettre...

— C'est toi... qui... empoisonne... tout... tentait péniblement d'articuler le trentenaire, sentant sa mâchoire s'ankyloser à mesure qu'il luttait.

En quelques secondes, Antoine demeurait complètement paralysé, ressentant une douleur tétanique aigue lui traverser le corps. Il lui semblait vivre un étranglement, une étrange impression de suffocation, à la manière de dizaines de briques l'écrasant dans son sommeil. Il aurait voulu se réveiller, émerger de cet abysse, mais l'homme en noir l'avait piégé.

Ce dernier se leva du comptoir, dans un élan plus fou et autoritaire que jamais.

— Ben voyons... tu veux que je te dise un truc... t'es plus malin que t'en as l'air. Je dois bien avouer... bravo ! Bravo ma poule ! On applaudit tous Antoine !

À cet instant, tous les cadavres redressèrent leurs bras tuméfiés pour applaudir Antoine qui gémit d'horreur sur la banquette du bar.

— Retiens bien quelque chose ma poule, ici c'est mon univers, et ce n'est pas parce que tu connais un nouveau mot de vocabulaire issu de l'encyclopédie de l'autre timbrée que cela te donne le droit de me traiter de parasite !

Antoine se tordait de douleur sur sa banquette, braquant un regard gorgé de larmes sur son assaillant nocturne.

— Qu'est-ce que j'ai fait pour toi au juste ? J'ai débloqué tes mots, ta parole, si bien que tu n'as jamais été plus libre qu'en parlant avec moi, c'est vrai ou pas ?

Antoine secoua névrotiquement la tête, pensant qu'abonder dans son sens accélérerait sa libération.

— J'ai cherché à t'aider ma poule, mais tu te comportes comme un sale petit ingrat ! Tu voudrais qu'on aille dehors comme les autres fois, que je te montre la véritable nature de ce qui t'habite ?

Le jeune homme tremblait, haletant pour une fraction d'oxygène imaginaire nécessaire à retrouver son souffle.

— Je vais te montrer où nous sommes, regarde !

Néga s'approcha des fenêtres et écarta d'un geste brusque les rideaux qui s'y trouvaient, dévoilant une lumière aveuglante, à l'éclat terrifiant. Un millier de soleils semblaient briller par-delà les vitres, renvoyant des rayons meurtriers qu'Antoine ne pouvait guère freiner même en fermant les yeux.

Les cadavres au sol prirent feu un à un devant l'incandescence incontrôlée. Cette radiance incendiaire semblait inaltérable, inocultable. Elle perçait les yeux, brûlait vêtements et chairs, et plus que tout, poignardait les âmes de tous ceux ayant le malheur ou non de s'y baigner.

Néga referma les rideaux d'un geste sec, mettant temporairement fin au supplice d'Antoine qui se demandait quand ce rêve finirait.

Cette vision ne l'avait pas uniquement terrifié, elle avait accru sa résistance. Peu à peu, il reprenait son souffle et sentait ses cordes vocales à nouveau contrôlables, l'étreinte du démon semblait s'amoindrir.

— Voici les abysses blancs, les profondeurs insoupçonnées de la haine... commenta Néga.

— Ça suffit ! Arrête de jouer avec moi ! Sale monstre ! s'écria Antoine dans un nouvel épisode de résistance, la bave aux lèvres, ivre de rage, désirant sauter au cou de son agresseur.

Néga, imperturbable, reprit son discours.

— Les abysses blancs... la quintessence de la haine, une lumière sur tout et tous...

— Depuis quand la haine est une lumière... c'est pas supposé être quelque chose de sombre ? rétorqua Antoine par défi pour son tortionnaire.

— Bien au contraire... la haine est une force invulnérable, quiconque la ressent se croit détenteur d'une vérité inépuisable, devient une lumière pour les autres. Une lumière destructrice qui annihile toute pensée étrangère à la source.

— N'importe quoi... grommela Antoine en se redressant péniblement, faisant face à Néga qui s'adossa au comptoir en signe de décontraction. Tu me racontes que des conneries ! Laisse-moi tranquille qu'on en finisse !

Les mains d'Antoine se mirent alors à vibrer d'une lueur blanche, comme si des ampoules s'étaient allumées en son corps. Néga sourit.

— Et pourtant tu m'accuses de tout, tu crois détenir la vérité sur tout, et tu détruis tout sur ton passage... d'abord ton travail, puis Judith, puis... oh c'est vrai pardon tu n'as que ça... et enfin, tu t'en prends à moi... On dirait vraiment cette lumière que nous venons d'observer...

— Très malin... soupira Antoine qui ne démordait pas de son agressivité. Je m'arrêterai quand j'aurais tout brûlé c'est ça ? C'est ça la fin ?

— Toute étoile brille ma poule, tout astre brûle un carburant pour éclairer l'horizon... et quand ce carburant s'amenuise, il finit par se consumer lui-même... ainsi on revient à la source...

La lumière émanant du corps d'Antoine redoubla soudainement d'intensité, commençant à brûler sa peau.

— Qu'est-ce que tu veux dire ? Depuis quand tu parles en énigme ?

Une fumée grisâtre s'échappait de ses manches et de son col, son corps crépitait à la manière d'une bûche dans une cheminée.

— Toutes ces gesticulations, toutes ces pérégrinations intellectuelles à détruire ton entourage ! Tout ce que tes maigres mains ont réussi à construire pour finalement te retrouver face à l'évidence ma poule, tu as tout perdu, et le problème, c'est toi !

D'immenses flammes vinrent lécher le dos d'Antoine dont le corps entra en combustion. La douleur fut si terrible qu'il crut s'immoler entièrement avant que son esprit ne s'extirpe de ce rêve devenu cauchemar.

* * *

« Tu as tout perdu et le problème, c'est toi ! »

La phrase résonnait encore dans sa tête et dans l'ensemble de la chambre d'hôtel tandis que le jeune homme se réveilla en sursaut. Dégoulinant de sueur comme pour éteindre l'incendie qui s'étendait dans ses entrailles, il zigzagua péniblement jusqu'à la salle de bains pour se mouiller le visage, avant de s'écrouler, en larmes, aux pieds du lavabo.

La lumière de la haine brillait en lui, mais cette énergie formidable lui coûtait plus qu'elle ne l'apaisait. S'il se laissait aller à de telles humeurs, il perdrait tout simplement ce qui faisait de lui quelqu'un de respectable, pour une justice dont il n'était pas sûr de se satisfaire un jour. Un pari perdant, quoi qu'il adviendrait.

Ses angoisses, sa peur, son agressivité, sa colère puis sa haine, tout cela formait un soleil mort-né, une étoile effondrée avant l'explosion finale, un brouillon ténébreux dans lequel il errait faute d'un vaisseau pour le quitter.

Alors il le suivrait dans cet effondrement, s'écroulerait avec lui, car lorsque la haine s'éteint, vient l'heure du chagrin.

113

9.

Le chagrin et sa rivière cendrée

Ses narines troquèrent le parfum subtil et fruité d'Antoine pour une odeur de poussière, de linge sale, de renfermé. Ses rideaux jadis si lumineux ne s'ouvraient plus, masquant au monde extérieur cette chrysalide d'un papillon souhaitant redevenir chenille. Ses pas hantaient l'appartement, devenant chaque jour plus lourds, chaque jour plus lent. Ses yeux s'asséchaient sous les espoirs fantômes d'un retour de celui qui les avait inondés. Seul le sifflement de la bouilloire offrait une prémices de compagnie aussi désagréable soit-il ; Judith était seule.

Le roulis du métro remplaçait les bras qui quelques mois auparavant accompagnaient ses matins. Ce serpent mécanique l'avalait quelque part pour la recracher quelques stations plus loin, elle et la myriade de gens tout aussi hébétés qu'elle. Peut-être que ce serpent finirait par digérer cette ville ? – s'était-elle prise à penser.

Ses pensées, vagabondes, semblaient toutes à la fois contemplatives et absentes, focalisées sur un seul élément, mais dispersées par la recherche vaine d'un sens à tout ceci.

Elle aurait préféré une vulgaire histoire de mensonge, une vulgaire tromperie, des accès de violence ou des propos intolérables plutôt que ce changement de comportement si soudain et insensé.

Ses pas martelaient le bitume abîmé, constellé de rustines et de rafistolage. Combien de temps cet amas gris pouvait-il encore tenir sous les démarches abrutissantes de ceux le foulant ? – songea-t-elle en accélérant le pas.

Combien de soirées fades avait-elle dû endurer, à assumer le poids de son compagnon inerte sur le canapé ?

Combien de fois avait-elle dissimulé ses tracas et son chagrin pour éviter d'empirer son état ? Pour finalement incarner la cause du mal qui le rongeait, devenir malgré elle le sacrifice estimé nécessaire pour qu'il soit soulagé. Peu de minutes passaient sans qu'elle ne se souvienne de ses mots lâchés dans la colère, ces mots qui retombaient encore sous la forme d'une poussière noire sur les meubles en état de choc.

Jamais elle ne l'aurait cru si égoïste, si déconnecté du réel et des solutions pourtant si évidentes à sa portée. Il aurait pu changer mille fois d'entreprises, et même changer mille fois de vie, mais il y avait cette noirceur dormante en lui, ce quelque chose de vicié, comme une tumeur lui dévorant le crâne. Cette chose lui parlait mieux qu'elle n'aurait jamais pu le faire, parvenait à le convaincre lorsqu'elle peinait à se faire ne serait-ce qu'écouter.

La rue de sa boutique apparut à son regard fatigué, le bitume changea pour des pavés en meilleure forme, un sol plus agressif, plus sonore, qui tentait de la réveiller par les chocs réguliers des passants ; sans succès.

Judith disposait du courage des gens de l'ancien temps, elle appréciait la difficulté, les embûches, la lutte et surtout ; les choix. Pourtant sentimentale, tirant parfois même vers les clichés romantiques, elle se refusait à se faire dicter ses sentiments, à se faire prescrire du mal-être par une pression sociétale avilie par de vrais problèmes et de fausses solutions. Elle connaissait l'angoisse, la peur, l'agressivité, la colère, même la haine, mais avait toujours choisi de choisir. Après tout, la vie fourmillait d'autres options, d'autres occasions, de possibilités de renouveau. Cette liberté perpétuelle, ce bloc de marbre entourant son cœur tendre, ne put tenir face aux coups du chagrin.

Son esprit ne se déroberait pas sur une autre route. Le chagrin mènerait toujours au chagrin, le refuser ne serait qu'un retard pris pour une route plus longue encore.

Une vie sans sens n'a que faire du choix.

Judith ouvrit machinalement la porte de sa boutique et s'effondra parmi ses rayons dépeuplés, exhumant de ses entrailles les dernières gouttes qu'elle n'avait pas su pleurer.

* * *

Le chagrin demeurait universel, se répandant en un parterre de fleurs grises à l'abondante rosée. Doux et durable, ou bien violent et volage, le chagrin frappait à tout âge, lacérait et accablait, tant qu'il le pouvait, tant qu'il le souhaitait.

Dix jours s'étaient écoulés dans cette piteuse chambre d'hôtel au milieu d'une campagne moribonde. Dix jours qu'Antoine alternait entre son lit et de vifs passages dans la salle de bains pour se passer de l'eau sur son visage tuméfié par des larmes acides. Méconnaissable, le jeune homme paraissait un vieillard à trente ans, un amas de rides et de peau écartelée par un ressenti trop lourd.

Vautré sur ce matelas aux ressorts acérés, il agitait dans ses mains le couteau de son père, un cadeau fait pour son 18e anniversaire. Un objet dont il ne se séparait jamais, un laguiole gravé à son nom. S'il avait su que ce couteau finirait par trancher les liens l'unissant à sa famille, il l'aurait sans doute refusé.

Les adultes ne sont qu'une somme de conséquences, la conséquence de certains mots pourtant dérisoires, de certains gestes incompris, d'échecs miniatures, de peurs enfantines.

L'enfance d'Antoine regorgeait de ces microhistoires, de ces angoisses primitives. Tournant le couteau entre ses mains, il s'évadait dans les souvenirs soulevés par le chagrin.

Il lui semblait revoir ses deux frères, plus jeunes, profiter allègrement de la complaisance de leurs parents quand lui se devait absolument de réussir, d'être brillant.

Il se voyait travailler encore et encore en classe préparatoire scientifique pour finalement échouer aux concours d'entrée aux grandes écoles sous l'indifférence générale de ses proches. « Ce n'était pas grave » ; « ce n'est pas fait pour toi » ; qu'y avait-il de fait pour lui exactement ?

Il se revit errer de classe en classe, de promo en promo, sans jamais ne garder que des bribes de connaissances, des amis effacés par les hasards du temps. Ces années supposées de félicité, de loisirs et plaisirs immédiats et sans conséquence, n'avaient été que des pétales lâchés dans le vent, jolis, mais sans importance.

Il reconsidéra ses premiers amours d'avant Judith, ces femmes avec lesquelles il ne partageait rien sinon la peur d'être seul et de le rester.

Il se souvint enfin, à 18 ans, s'être allongé sur son lit sans bouger de sa chambre durant plusieurs jours, comme une rémanence de sa présente situation.

Il lui paraissait qu'à cet instant, tous ces souvenirs entremêlés vivaient en lui, comme les fantômes d'une vie inlassablement cyclique. Que Néga ait existé ou non, tout le ramenait à cette situation, jusqu'à ce que la situation ne devienne son identité.

Quelques tours de couteaux plus tard, le sommeil vint à le saisir.

* * *

Un bar, au milieu d'un nulle part.

Les ruines entouraient son corps, les blocs de bétons, exsangues de leurs ferrailles, jonchaient un comptoir d'ébène éventré. Le Jukebox, enseveli sous les tonnes de gravats, frémissait d'un ultime grésillement. Le carrelage aux motifs géométriques avait explosé en une myriade de fragments de céramique.

Seule une banquette restait en place, face à une table ne tenant plus que sur trois pieds courbés, maculée de débris.

Néga y siégeait, s'agissait-il d'un trône pour ce roi de pacotille ? Le visage confiant, goguenard, il ne s'embarrassa d'aucune phrase vive ou de grimace cartoonesque en guise d'accueil, invitant Antoine à s'asseoir d'un simple geste de la main.

Celui-ci s'exécuta, le regard alternant entre le sol grisâtre et l'impeccable smoking de l'esthinoxis.

— Ça fait un bail... tu n'as presque pas dormi... on peut dire que tu n'es pas facile à joindre... Alors je t'écoute, tu voulais me faire la peau l'autre jour, débuta-t-il calmement en allumant une cigarette, ça ne traverse plus ton esprit ?

— M'en prendre à toi pour que tu m'agresses comme la fois dernière ? rétorqua-t-il avec nonchalance.

— Non, promis cette fois je te laisse me cogner, vas-y ! Défoule ta rage mon grand ! répondit-il calmement en laissant pendre ses bras le long du corps, se donnant un air vulnérable.

Tentée de lui porter un coup, la main d'Antoine tressaillit jusqu'à trembler dans son corps endormi. Il hésitait, quelle pirouette son démon allait-il encore utiliser ? Quelle leçon hérétique voulait-il encore lui enseigner ? Résigné à ne pas choisir, Antoine laissa sa main contre la table, le visage pointé vers le sol. Des larmes quittèrent bientôt ses yeux accablés pour se répandre en une flaque au pied de la table. Une flaque nimbée des copeaux de cendre éjectés par la cigarette de Néga.

— Non, déclara le trentenaire la voix tremblante, je n'ai franchement pas envie de jouer à ce jeu. J'aimerais que tu me laisses tranquille, je suis fatigué. Je te lasse pas à force ?

D'un bond, Néga se leva, faisant sursauter le jeune homme de peur qu'il s'en prenne soudainement à lui. Avec virulence, le démon lança sa cigarette dans les ruines et lui intima l'ordre de venir l'accompagner à l'extérieur du bar.

— Viens dont jeter un coup d'œil... ça en vaut toujours le détour.

La petite flaque d'eau cendrée les accompagnait, zigzaguait entre leurs pas oniriques, s'écoulait lentement mais sûrement jusqu'à rejoindre un petit filet d'eau de pareille nature.

Le filet d'eau transporta la cendre vers un maigre canal serpentant entre les débris. L'eau, légèrement violacée, se chargeait d'agglomérats divers et de particules tombant du ciel en une neige macabre.

— La rivière cendrée... soupira Néga, étrangement bucolique.

— Si tu pouvais m'épargner ta poésie à deux balles...

— Il y a une certaine forme de poésie à ton malheur... regarde cette eau, elle est gluante, pâteuse... on y trouve de tout, expliqua Néga en tentant de saisir le liquide dans sa main.

Leur marche continua de suivre le canal qui se jeta dans un cours d'eau un peu plus large, avant de rejoindre une rivière au lit établit et au courant fort. Néga poursuivait son discours, toujours enjoué de se savoir écouté.

— On y trouve les fleurs de tes angoisses, la craie noire de tes peurs, portée par l'eau de ton agressivité, chargée des cendres volcaniques de ta colère, éclairée par la lumière mourante de ta haine ; une perfection alchimique, un chagrin !

Antoine releva les yeux pour constater l'étendue du réseau qui s'étendait face à lui. Cette rivière grisâtre se jetait dans un immense océan, elle, et des dizaines d'autres. Des dizaines d'autres rivières, des centaines de canaux, des milliers de filets et des millions de flaques se rejoignaient en une toile terne et sans saveur. Le démon souriait de bon cœur, ravi du panorama qui s'offrait à lui.

— Et ce qu'il y a de magnifique avec ce spectacle c'est que ton chagrin est si identique aux autres que tous se mêlent en un océan d'absolue mélancolie...

Une musique étrange vint alors résonner dans le ciel, un son répétitif, tonitruant, perçant ce paysage désolé ; le téléphone d'Antoine sonna.

— Eh, où tu vas ? Eh ! s'écria Néga.

***

L'ingénieur faussa compagnie au démon pour se réveiller dans sa chambre, agrippant d'un geste le téléphone à son chevet. À chacune de ses pérégrinations oniriques, il se réveillait plus fatigué, toujours plus lourd, toujours plus endolori. Mais une voix familière le sortit soudainement de sa torpeur.

— Antoine... ça fait longtemps que je t'ai pas eu... ça va toujours toi ? demanda-t-il avec une voix fatiguée.

— Papa ? Oui... j'ai pas pris de tes nouvelles excuse-moi j'ai été très occupé et... Antoine tentait de trouver une respiration suffisamment stable pour ne pas sangloter.

— Je t'appelle parce que j'ai vu le toubib l'autre jour et il se trouve que j'ai un cancer... pas grave hein ! Je te rassure c'est gérable, d'ailleurs je commence la chimio la semaine prochaine... voilà, t'es là ?

Antoine raccrocha mécaniquement pour sombrer dans une profonde crise de larmes. Son père et plus généralement sa famille demeuraient pour lui une véritable lame à double tranchant.

Lors de ces épisodes de chagrin survenus dans ses jeunes années, il ne manifesta pour lui qu'un soutien de façade, n'approchant avec son discours que très rarement le seuil de la pertinence. Les liens se rompirent progressivement jusqu'à sa rencontre avec Judith, où ils subirent un froid des plus notables. Sans partager autre chose que quelques discussions superficielles, il fuyait toujours plus loin devant son incapacité présumée à faire preuve de compréhension. Néanmoins, il redoutait toujours les moments fatidiques où il aurait besoin de lui, où il se sentirait lésé et agressé d'être mis sur le banc du fils indigne et démissionnaire, ne prenant pas suffisamment soin de ceux qui lui avaient pourtant « tout donné ». Antoine n'appréciait que très peu d'agir différemment de ses pensées, d'agir par devoir sans aucune conviction. Il le faisait, bien sûr, par correction et éducation, mais cela engendrait chez lui des luttes intestines.

Un poids insupportable de responsabilités supplémentaires l'envahit. S'il s'avérait sonné d'être un mauvais amant et un mauvais collaborateur, il ne pouvait endurer d'être un mauvais fils. Plus que l'inquiétude face à la maladie de son père, plus que le chagrin d'avoir brisé sa vie, il demeurait effroyablement honteux.

* * *

— Alors ma poule, on s'en va sans dire au revoir ?

Le son de cette voix lui glaça le sang. Le corps d'Antoine se leva d'un bond, raidit par ce qu'il espérait n'être qu'une simple hallucination auditive.

Soudain, le verrou de la salle de bains tourna sous le regard horrifié de l'Ingénieur qui poussa un hurlement, tétanisé dans un coin de la pièce. D'abord une main, puis une jambe fardée d'un pantalon de costume, et enfin, lui, Néga, déambulant dans cette chambre d'hôtel à la manière d'un agent immobilier.

— Comment... je...

Antoine peinait à articuler le moindre mot, tournant péniblement la tête, il ne vit que la porte de sa chambre à quelques mètres de lui, peut-être sa seule chance d'échapper au monstre venant de se matérialiser.

—J'aime pas ne pas finir ce que j'ai commencé ! s'emporta le démon.

Le jeune homme paniqué se saisit de la dernière étincelle de vie en ses jambes pour courir jusqu'à la porte sans prendre le temps de se saisir d'autres affaires que le couteau de son père. Dans une course des plus irréalistes, il sauta la barrière de l'hôtel, fonçant vers l'épaisse forêt qui lui faisait face. Le rire du démon battait l'écho nocturne de la campagne.

10.

La honte et ses dunes ternes

La honte, une émotion visqueuse et collante. Abondante, il était facile pour les esthinoxis de la cultiver. Une herbe vivace qui poussait lorsque toutes les cultures allant de l'angoisse au chagrin eurent été fauchées. Elle fleurissait sur le pourrissement des tiges de ces plantes, y prospérait à la manière de champignons, et éclatait en libérant ses spores purulentes. La honte, ou le chiendent de l'âme diraient les herboristes.

Le cycle noir de toute dépression démarrait par l'angoisse et s'achevait dans la honte. L'angoisse prospectait l'âme, la peur cisaillait ses fondations, l'agressivité poussait sur sa base, la colère faisait exploser sa structure, la haine s'érigeait sur les ruines, le chagrin déplorait le désastre, et la honte le regrettait. Libre à la victime de choisir quoi faire à terme. Redémarrer un nouveau cycle d'angoisse, où sortir du cercle infernal ? L'un s'avérait évidemment plus facile que l'autre. Toute honte portait en elle l'engeance d'une angoisse future à travers la culpabilité ; le mal provoqué avait-il une chance d'être pardonné ?

Lorsqu'elle croissait en un corps, la honte tordait les boyaux avec davantage de hargne que la plus féroce des colères. Elle s'inscrivait dans une violence contre soi, un retournement entier du corps de sa victime. À la manière d'un lierre corrupteur, ses racines se frayaient un chemin bon gré mal gré, qu'importent les organes qu'elles pouvaient transpercer ; un véritable réseau de lamentation s'établissait sitôt que la graine eut été plantée.

La honte demeurait un sentiment se conjuguant au passé, lorsque ses sœurs se projetaient davantage en l'avenir, aussi noir soit-il.

* * *

Éborgné par la tristesse et rendu sourd par la culpabilité, Antoine courrait à travers les routes de campagne, esquivait les phares de voitures fonçant dans l'obscurité, trébuchait, se rattrapait et fuyait de nouveau. Jetant de rapides coups d'yeux par-dessus son épaule, il voyait toujours la même silhouette endimanchée riant au clair de lune.

Il avait désormais la preuve de sa folie, tout demeurait vain, l'esthinoxis avait pris suffisamment de force pour se matérialiser à son regard apeuré.

— Où tu coures comme ça ma poule ? Ça sert à rien, tu vas te fatiguer tout seul... railla Néga qui avançait d'un pas tranquille, semblant se téléporter d'ombre en ombre, à la fois présent sans être là.

À quoi bon courir ? se demanda effectivement Antoine. Les filets de son ennemi s'étaient déjà emparés de son cerveau, tout juste s'élevait-il à une vulgaire souris se débattant dans les serres d'un aigle. Il cessa sa cavale, piégé dans un champ de blé gelé entre deux collines ternies par le froid et la boue. Chacun de ses souffles exhumait les dernières braises de chaleur qui pouvaient encore réchauffer son âme.

— Est-ce que tout ceci est réel ? demanda-t-il en faisant face à son ennemi, les genoux tremblants.

— Je sais pas, ça a l'air d'être un rêve selon toi ? nargua l'homme en noir.

— Comment tu peux être là ? C'est impossible ! hurla-t-il en sanglots.

Néga dégaina une cigarette de la poche de sa veste et l'alluma sans qu'aucune flamme ne vienne à sortir de son briquet. Un sourire se dessinait sur son visage brumeux, camouflé par la fumée qu'il prenait un malin plaisir à lâcher à chaque gloussement.

— Je suis là car tu me le permets, tu me donnes suffisamment de force pour me projeter comme une image dans ton monde... d'ailleurs merci mais j'aurais mieux aimé apparaître sur une plage que dans le fin fond de la Meuse... railla Néga qui soliloqua de nouveau.

— Une hallucination... mon dieu je perds la tête... plus personne ne pourra m'aider...

— C'est pas grave ! jaillit-il avec satisfaction. Tu m'as moi ! Eh, j'ai pas été de bon conseil franchement ?

— Tu as ruiné ma vie ! vociféra Antoine, ses larmes gelant sur ses joues rougies par le froid.

Néga fronça les sourcils avant de jeter sa cigarette au sol, la piétinant copieusement dans une colère théâtrale.

— Quelle vie ? s'indigna Néga. La vie de petit ingénieur modèle, avec son petit salaire, son petit train-train, sa petite copine... au secours... c'était une prison ta vie mon grand ! Et je t'ai libéré !

— Tu m'as rendu fou ! Je sais même plus ce que je ressens ! J'arrive plus à penser !

— Oui mais ça, tu te l'es fait tout seul hein ! se défaussa la créature.

Cette phrase trouva dans la raison d'Antoine un certain écho, son tempérament cartésien prit le dessus, cherchant à en apprendre davantage sur son malfaiteur dans un ultime espoir de trouver de quoi s'en débarrasser.

— Pourquoi moi... pourquoi moi... y a pas d'autres âmes plus faciles à drainer pour toi ? Plus productives ?

Néga rit de plus belle. Abandonnant son agressivité, l'esthinoxis se redressa avec élégance, prêt à porter un formidable coup d'estoc rhétorique à celui qui partageait ses discours depuis plusieurs mois.

— Tu veux rire ? Laisse-moi te parler franchement... C'est vrai que je pourrai aller m'occuper d'un père endeuillé, d'une vie brisée par l'alcool ou la drogue, ou encore chez des victimes de crimes... mais tu sais quoi ? Ce n'est pas rentable. C'est comme braquer une banque ma poule, je gratte le pactole, mais je me fais coffrer direct. On me repère, je me barre avec ce que j'arrive à garder, et je dois courir vers une autre cible... j'ai fait ça pendant 2 500 piges et ça me fatigue...

— Et moi je suis quoi pour vous ? Un meilleur investissement ? rétorqua Antoine, à deux doigts de l'hypothermie.

— LE meilleur investissement ! s'emporta Néga. Toi et toute la bande de psychopathes qui composent votre société moderne. Vous êtes aliénés, sous pression à la moindre emmerde, constamment en colère contre tout et rien, chagrinés à chaque occasion, c'est magique ! Je dis pas que vous produisez des mille et des cents, mais vous ne vous arrêtez jamais !

Le vent glacial s'engouffra dans l'espace entre eux, soulevant à son passage quelques morceaux de paille desséchée. Néga trônait au pied de l'une des deux collines tel un roi du désert au chevet de sa dune.

— C'est magnifique ! Vous êtes si autocentrés que vos émotions s'auto-alimentent, c'est une boucle sans fin ! compléta-t-il, enjoué.

— Je suis si pathétique que ça pour toi... tu te crois si supérieur que tu penses que ma vie ne vaut rien... soupira Antoine, à bout de souffle.

— Honnêtement, je vais pas te le cacher, à l'échelle de l'univers, elle ne vaut pas un caillou.

Une effroyable solution vint surgir dans l'esprit d'Antoine. La voyante disait vrai jusque-là, si Néga s'était montré agressif et dangereux, il n'avait jamais fait l'usage d'une violence physique. Jouant avec ses émotions, il s'était jusqu'ici gardé de mettre en danger son hôte, le tirant habilement d'une pensée à l'autre. Il aurait pu le tuer mille fois mais s'en était gardé. Cet être fantasque tirait sa force de son affaiblissement et non de sa douleur. À bout de nerf, Antoine sortit lentement de sa poche le couteau de son père, examinant longuement la lame comme perdu dans ces reflets.

Une pluie abondante se mit à tomber, transformant le sol en une épaisse boue grisâtre. La lune éclairait la scène tel un projecteur braqué sur l'instant décisif d'une représentation. Il n'y avait qu'eux deux, le froid, la pluie, le vent et la lune.

— Dans ce cas... si je ne vaux rien... autant en finir non ? suggéra le trentenaire d'une voix éteinte.

L'expression de l'homme en noir se raidit subitement, celui-ci arbora une pâleur craintive qu'Antoine n'avait jamais observée chez son parasite.

— De quoi tu parles... eh c'est quoi ça ? Lâche ça, tu veux !

— Pourquoi tu t'inquiètes... si ma vie ne vaut rien, qu'est-ce que ça changera si je disparais...

— Non je... je T'INTERDIS de faire ça ANTOINE ! vociféra la créature.

Sa voix avait pris une tournure autoritaire et un timbre spectral aux antipodes de ce qu'Antoine avait pu expérimenter à son contact. Jamais Néga ne s'était mis en colère autrement que dans ses gesticulations scéniques et jamais il ne l'avait appelé par son prénom.

— Tu as l'air d'avoir peur... d'être en colère... ça fait quel effet ? railla Antoine le visage maculé de larmes et de pluie, un maigre sourire aux lèvres. Pourquoi tu ne veux pas que je parte ?

— Tu... tu es censé angoisser, avoir peur, devenir agressif, te mettre en colère, encore et encore, recommencer le cycle ! expliqua l'esthinoxis sans convaincre son interlocuteur.

— Le seul que je vois en colère là... c'est toi. Je l'emmerde ton cycle... et tous ceux de ton espèce !

Antoine plaça la lame au contact des veines de son avant-bras. Les genoux de l'ingénieur rompirent sous le poids du froid et du stress qui l'envahissaient. Son bras tremblait, symptôme de son hésitation lancinante.

— Tu vas pas le faire ! Je te connais ma poule ! Tu bluffes ! T'es bien trop faiblard pour ce genre de chose...

Le jeune homme fit glisser le couteau qui effleura brièvement sa peau, laissant échapper un léger filet de sang.

— ATTENDS, attends, attends ! s'écria Néga en trépignant sur le sol boueux. Réfléchis deux secondes à ce que tu fais !

— La ferme ! protesta Antoine avec virulence. Je ne veux plus voir tes mirages, tes décors sortis de je ne sais où ! Je veux arrêter tout ça !

Néga semblait désemparé, secouant frénétiquement ses longs cheveux noirs coulant sur son visage acéré. Le démon ne disposait plus que d'une ultime carte à jouer dans son jeu pervers.

— Et si... on parlait de Judith ? proposa-t-il en retrouvant son arrogance habituelle.

— Judith ? Qu'est-ce que Judith vient faire là-dedans ? gémit Antoine qui relâcha son couteau.

— Eh oui ma poule, la pauvre petite souffre beaucoup elle aussi de ton état... de tout ce qui s'est passé... et si je décidais d'aller tirer tout ça au clair et de te laisser tranquille par la même occasion ? Après tout ce qu'elle t'a dit ce serait un juste retour des choses...

La pluie redoubla d'intensité, le tonnerre gronda à quelques centaines de mètres, les gouttes fouettèrent son visage avec férocité comme pour le punir des vilaines pensées qui traversaient son esprit désemparé.

Judith, son incroyable Judith qui en toute récompense de sa formidable patience n'avait reçu que brimades et virulence. La honte et la culpabilité croissaient davantage en lui, semblant revigorer Néga qui le toisait avec satisfaction.

— Tout ce qui est arrivé est ma faute... je n'aurais jamais dû me comporter comme ça avec elle... je l'ai déçu... déclara Antoine, la voix éteinte.

— T'inquiètes pas, Tonton Néga va s'occuper d'elle, s'exclama-t-il, goguenard. Toi tu pourras retourner à ta vie tranquille, j'arrêterais de te tourner la tête. Il faut juste que tu prononces une phrase spéciale la prochaine fois que tu la toucheras.

Dans son argumentaire, Néga omit le caractère profondément altruiste de son hôte. À cet instant précis où la menace s'écartait de lui pour s'emparer d'une autre, Antoine compris le véritable danger de l'esthinoxis. Cette cause ne le concernait pas exclusivement, elle concernait tout un chacun. L'homme en noir n'était pas un parasite, mais un virus. Si lui demeurait le patient zéro, il se devait d'enrayer l'infection, à défaut de pouvoir se guérir.

— Je... refuse que vous vous en preniez à elle...

Antoine posa à nouveau sa lame contre son bras, tombant en sanglots.

— Mais pose ce truc enfin ! Tu vas finir par blesser quelqu'un ! Elle te plaît pas ma proposition ? T'es dur en affaire toi tu sais ? Tu crois qu'elle te pardonnera d'avoir voulu te tuer ?

Antoine regarda Néga dans les yeux avec férocité avant de prendre une profonde respiration.

— Non... j'attends pas qu'elle me pardonne. Mais au moins elle aura une chance de ne jamais vous rencontrer, de ne jamais voir ce que je suis devenu et de peut-être avoir une vie bien plus heureuse ! Je brise le cycle Néga !

— Nooooon ! Beugla Néga, paniqué.

Antoine se sectionna les veines dans un hurlement de douleur couvert par la foudre qui s'abattit contre un arbre à proximité. Agonisant au sol, se tordant de douleur, le trentenaire vit la silhouette de Néga se précipiter sur lui avant de s'évaporer dans la brume nocturne, dissout par la pluie.

L'eau se mêla au sang et les souvenirs douloureux s'estompèrent dans un confortable néant. Antoine perdit conscience, la larme à l'œil, et le sourire aux lèvres, au creux des dunes ternes de la honte.

11.

La salle d'embarquement

Une salle blanche aux murs lisses, un lit d'hôpital tout aussi blafard étalé au milieu de la pièce, Antoine allongé dessus, droit, inerte. Aucune transfusion ou appareil de mesure médical ne figurait dans la pièce. Un silence royal régnait avec zèle, seulement interrompu par le bruissement de gouttelettes de sang heurtant le sol en un infime ploc régulier, battant le rythme de cet espace hors du temps.

Progressivement, les gouttelettes de sang formèrent une flaque, qui glissa progressivement jusqu'à une sorte de bouche d'égout toute aussi blanche, débouchant sur une galerie inconnue. Le rouge et le blanc se mêlèrent harmonieusement durant quelques centaines de plocs avant qu'une silhouette n'émerge du néant dans un râle enragé.

— Nooooon ! fusa-t-elle.

Progressivement, ses contours se dessinèrent avec plus de précision, dévoilant le visage de Néga. Son costume avait disparu. Aussi arborait-il sa tenue des premiers jours, un imperméable noir rapiécé et une chemise prune remplie de crasse et de poussière. Dans un état de stress, l'esthinoxis s'agita dans un va-et-vient frénétique dans la pièce, rythmé par l'écho du sang tombant.

— Mais quel crétin celui-là ! Je vais vraiment me faire engueuler... s'inquiéta-t-il.

— Tu l'as dit... Frénégas, répondit une voix autoritaire.

Une autre silhouette s'était matérialisée, féminine cette fois, celle d'une femme d'une quarantaine d'années aux rondeurs harmonieuses, vêtue d'une robe blanche à fleurs rouges, comme parfaitement accordée aux teintes de la pièce.

— Posithaire ? Je croyais être seul sur ce coup-là ma vieille... rétorqua le démon, nullement surpris par l'apparition spontanée de cet être.

— Je ne viens pas pour discuter avec la concurrence, surtout lorsqu'elle se montre incompétente, renchérit la femme en robe, d'une voix ciselée et directive.

— Vous êtes vache sur ce coup-là j'ai quand même bien bossé faut pas déconner... soupira l'esthinoxis.

— Ah oui ? rétorqua-t-elle en écarquillant ses yeux qui luisaient d'une couleur fraise. Je vous rappelle qu'il vous est formellement interdit d'engendrer la mort, vous êtes censé vivre en symbiose, aussi noire soit elle, avec votre hôte humain, pas le condamner.

— Eh c'est lui qu'a fait le con hein ? se justifia le démon. Moi je respecte la procédure, ça m'était jamais arrivé un cas comme lui.

— Jamais, vraiment ? Et Jacques Grison en 1954 ?

— Je savais pas qu'il était cardiaque ! Depuis j'ai pas fait de vieux !

— Ça suffit Frénégas ! protesta-t-elle.

Néga se surprit lui-même à faire silence devant cette femme, lui qui n'avait pas l'habitude d'être interrompu. Dans une tentative de reprendre le contrôle de la conversation, il reprit son air théâtral en secouant son manteau.

— Eh molo ! Z'êtes pas ma chef et je connais nos règles. Sauf votre respect vous n'utilisez pas non plus que des méthodes 100% naturelles hein ? Moi je ne fais que susciter les émotions, je n'en crée pas de manière artificielle ! Je ne triche pas avec le malheur.

— Vous leur mentez Frenegas... commenta Posithaire avec lassitude.

— Ils se mentent à eux même de toute façon, conclut le démon.

— Certes.

Un court silence s'introduisit durant ce temps de concorde, rapidement interrompu par un nouveau ploc.

Le regard de Néga se posa un instant sur le poignet d'Antoine, une lueur d'inquiétude traversa ses petits yeux violets.

— La suite c'est quoi ? demanda-t-il d'une voix plus posée. Je repars d'où je viens et on le laisse crever ?

Posithaire s'approcha d'Antoine et apposa sa main sur son poignet, stoppant cet infime tambour sanglant.

139

— « Il » m'a envoyé régler ce cafouillage. Il va s'en sortir, je prends le relai, assura-t-elle.

— Non mais vous...

Néga leva les yeux aux ciels, semblant juger à la fois Posithaire et ses homologues présumés.

— Je vais l'aider à remettre de l'ordre dans sa vie, il a droit au bonheur et à la joie. Ma méthode le guidera dans le droit chemin, conclut-elle avec confiance.

— Et s'il n'en a pas envie ? s'inquiéta Néga qui plongea son regard aiguisé dans les yeux placides de son interlocutrice.

— Tout être vivant vit pour être heureux. Il aura nécessairement envie.

Néga reporta son intention sur le visage d'Antoine, neutre, plongé dans un sommeil d'une insondable profondeur.

— Et s'il n'en a pas besoin ? déclara-t-il avec une pointe de défi.

— Moi, j'en ai besoin. Vous n'êtes pas les seuls à avoir besoin d'émotions pour survivre.

L'homme de noir et de prune ne put qu'acquiescer.

— Et moi dans tout ça ? J'aurais une nouvelle feuille de route à suivre ? railla-t-il.

— Comme vous l'avez dit, je ne suis pas votre cheffe, je suppose que comme tous ceux de votre espèce, vous repartez à la chasse d'une nouvelle victime ?

Néga souffla d'exaspération, jetant par-ci par-là de légers coups d'œil à son hôte endormi.

— J'aime pas que vous disiez victime. Dans ce cas-là qu'est-il pour vous ? Un pion ?

— Bien sûr que c'est un pion ! Vous n'allez pas me dire qu'il est plus que ça pour vous ?

Frénégas se massa longuement le menton comme pour réfléchir à cette question qui soulevait plus de questionnements qu'elle n'apportait de réponses.

— Oh... vous savez, déclara-t-il l'air songeur, j'ai beau triturer leurs méninges... il n'y a pas de plus grande sincérité que le malheur, la peur, la colère. On voit le vrai visage de ces humains, leur fragilité, leur vacuité.

— C'est pathétique de les voir ainsi. Ils ne sortent jamais indemnes de votre passage ! s'agaça Posithaire en fronçant les sourcils.

— C'est exact, rétorqua-t-il en ricanant, et je ne sors jamais indemne de leurs têtes... Remettez-le sur pied si vous voulez, mais s'il vous plaît, traitez-le bien.

— Vous n'aviez qu'à le faire vous-même ! s'offusqua-t-elle.

L'enveloppe de Frénégas commença à se désagréger dans un crépitement de poussières noires et violacées, le visage fermé, il adressa à son homologue un bref signe de tête.

— Ce n'est pas mon travail... lâcha-t-il avant de disparaître.

12.

L'espoir et son jardin aux baies roses

Un restaurant, au milieu du néant.

Un établissement moderne à la décoration feutrée. Ici, nulle place pour le tapage et les chocs de chopes échauffées ; l'ambiance était sophistiquée. Les bavardages et gauloiseries n'avaient pas cours en un pareil lieu, quelques chuchotements tout au plus, masqués partiellement par un air de jazz finement exécuté par un orchestre en transe.

Les conversations semblaient d'autant plus importantes que leur volume décroissait. Au sol, une moquette rubis se déployait sous les pieds des serveurs qui glissaient à pas de chat de table en table.

Les tables, dressées avec soin, incarnaient le juste équilibre entre sobriété moderne et fantasme baroque. La nappe arborait des motifs géométriques complexes, volutes et glyphes du même rouge que la moquette. Les couverts d'argent reflétaient la chaude lumière, presque solaire, qui enveloppait l'endroit. Les verres demeuraient si fins qu'il n'était possible de les distinguer que par leur contenu.

Antoine admirait ce décor, l'air étranger à ce luxe qui s'offrait devant lui. En pyjama d'hôpital, il jurait parmi la clientèle qui étrangement ne prêtait aucune attention à sa présence.

— Vous avez trouvé votre bonheur ?

Accaparé par la décoration, Antoine ne remarqua pas qu'en face de lui siégeait une femme blonde d'une quarantaine d'années. D'une certaine prestance, vêtue d'une robe blanche à fleurs écarlates mettant en valeur une silhouette ronde et harmonieuse, la femme avait abaissé sa carte pour le dévorer du regard.

Sa voix suave et tendre flottait comme un chant doux et posé accompagnant l'air de jazz. Comme ensorcelé, Antoine souriait naïvement, s'apprêtant à apprécier ce moment. Seulement, en approchant son visage de son convive, l'élégante femme dévoila un regard particulier, des yeux dont la couleur variait entre le rose pâle et le rouge vif. Antoine eut un frémissement, faisant tomber sa fourchette sur la moquette. Malgré le bruit étouffé, la musique s'interrompit et tous les clients se retournèrent vers la table, offusqués.

— Ce n'est rien, vous pouvez reprendre le dîner, déclara-t-elle tandis que la musique reprit.

— Vous êtes une esthinoxis ! Vous êtes comme Néga ! s'écria Antoine, agité.

Quelques clients se retournèrent une nouvelle fois, lançant à Antoine des regards inquisiteurs.

— Vous ne voudriez quand même pas créer un scandale au milieu de mon restaurant ? plaisanta la créature.

— Qu'est-ce que vous êtes, et qu'est-ce que vous me voulez ? reprit l'ingénieur, plus calmement.

— Ça fait deux questions, on ne pose jamais deux questions à une femme cher ami, plaisanta-t-elle de sa voix mélodieuse, elle risquerait de ne répondre qu'à celle qu'elle aura choisie.

Imperméable au charme de sa convive, Antoine restait immobile, particulièrement angoissé, cherchant du coin de l'œil une éventuelle sortie.

— Je sais que vous êtes troublé par tout ce qui se passe, aussi, je vous propose de m'accompagner pour une promenade dans l'arrière-cour, le lieu sera plus tranquille et propice à la discussion, qu'en pensez-vous cher ami ?

— Est-ce que j'ai le choix ? demanda Antoine, l'expression apeurée.

— Qui a le choix ? s'empressa de répondre son hôte d'un sourire apaisé.

Faisant voler sa robe comme s'il s'agissait d'un bouquet soufflé par le vent, elle se leva et tendit la main à Antoine, l'invitant à la suivre. Celui-ci, d'abord timide, ne put qu'accepter devant les yeux aigris des groupes attablés.

Après avoir déverrouillé une vieille porte de bois recouverte de lierre, ils s'engouffrèrent dans l'arrière-court.

Celle-ci, loin de n'être qu'une parcelle de terre, se dévoilait sous les traits d'un immense jardin cultivé. Des buissons fleurissaient de toute part, produisant çà et là des baies roses à la rondeur gourmande.

Un soleil pâle éclairait légèrement le jardin comme les rayons de l'aube les jours de beau temps. Le sifflement d'oiseaux aux formes intrigantes perçait l'horizon, chantant les louanges de ce repas frugal qu'ils prenaient plaisir à picorer. La culture s'étendait à perte de vue.

L'air frais, la chaleur équilibrée d'une météo placide et le caractère enchanteur de l'endroit apaisèrent quelque peu le flot de questions et d'angoisses qui affluait dans le cerveau d'Antoine. De toute évidence, cette personne n'avait rien à voir avec Néga, ou tout du moins, semblait d'une certaine bienveillance.

— Pour répondre à votre question, je ne vous veux que du bien, déclara-t-elle en caressant les feuilles des buissons. Vous pouvez m'appeler Posi si ce nom vous plaît, mais je préfère Madame si cela ne vous ennuie pas.

— Très bien... acquiesça Antoine dont la garde diminuait.

— Vous n'êtes pas bavard, c'est bien normal après ce que vous avez enduré. Laissez-moi vous aider, vous guider sur un chemin beaucoup plus agréable pour vous.

— Est-ce que... est-ce que je suis mort ? demanda Antoine, les yeux larmoyants.

— Non, bien sûr que non détendez-vous...

Posi s'approcha de lui et le pris dans ses bras, interrompant en quelques secondes les sanglots de son protégé.

— Vous allez bientôt vous éveiller, et il vous faudra conserver l'espoir en vous.

— L'espoir ? Comment voulez-vous que j'espère quoi que ce soit après tout ce qu'il s'est passé ?

— Regardez ces baies mon ami, elles sont magnifiques n'est-ce pas ?

— Probablement...

— Vous imaginez bien qu'il faut un temps considérable pour que d'une graine naisse et prospère pareille plante ?

— Certes...

— Encore davantage de temps pour que pareille plantation puisse exister ?

— Où voulez-vous en venir ?

— J'aurais pu planter cette graine et passer tous les jours durant des semaines sans en voir ne serait-ce que la tige... est-ce pour cela que je dois m'arrêter de l'arroser ? Est-ce pour cela que la graine n'a pas germé ? Il lui faut simplement du temps.

— Et si je n'en ai pas, du temps ?

— Vous en avez encore suffisamment pour planter quelques graines, peut-être même en avez-vous déjà planté ? Voyez mon ami, toute chose progresse à son rythme et ces rythmes sont parfaitement désynchronisés.

147

Posi s'approcha de l'un des buissons d'où elle cueillit délicatement une grappe de fruits mûrs. Tout en continuant son discours, elle égrenait soigneusement les baies au-dessus de son panier.

— Si vous voulez que règne l'harmonie, il faut avant tout écouter la musique des autres et ne pas nécessairement chercher à vous joindre à l'orchestre.

— En d'autres termes ?

— Croyez-y, gardez l'espoir que les choses s'arrangent. Et vous verrez... le goût n'en sera que meilleur.

Posi lui adressa un sourire charmeur et lui tendit un fruit. Curieux, le trentenaire se laissa tenter et mordit dans la chair pulpeuse de la baie. Une sensation fugace, semblable à une brise printanière sembla lui caresser la glotte, comme une sensation d'un futur ravissant.

* * *

Antoine se réveilla dans une chambre d'hôpital. Nul orchestre de jazz pour accueillir sa présence, rien que le bip continu d'un oscilloscope et une sensation, celle d'une main sur la sienne.

Judith demeurait à son chevet, le visage marbré de larmes, l'expression patinée par les émotions vives des dernières semaines.

— Salut... soupira-t-elle la voix semi-éteinte.

— Salut, se contenta-t-il de répondre du même ton. Ça fait longtemps que je dors ?

— On... t'a trouvé au milieu de nulle part... une vieille dame a appelé les secours... et...

Judith fondit en pleurs, relâchant la main d'Antoine pour couvrir son visage.

— Comment t'as pu me faire ça ? Comment t'as pu considérer que notre couple ne valait pas mieux qu'une dispute ou un passage à vide ?

Antoine, amoindri, sentait sa bouche s'assécher. Si sa compagne n'avait pas répondu à sa question, il pouvait ressentir ses longs jours d'inconscience à travers la terrible sensation de faiblesse qui jalonnait son corps. Courbatures, fatigue extrême, difficulté à parler, penser, et même rester éveillé, il ne s'était jamais senti aussi mal.

Ravi de retrouver Judith, il ne parvenait pourtant plus à ressentir, à articuler des éléments de langages permettant de bâtir une logique au déchaînement ayant eu lieu en son esprit.

— Si... bien sûr que je le savais... ça a été très dur, très rapide, j'ai du mal à comprendre et à réaliser... c'est...

Judith reprit sa main avec précaution.

— C'est pas trop tard nous deux ? acheva-t-il, peinant à finir ses phrases trop longues.

— Non c'est pas trop tard... sourit-elle, mais ce n'est pas pour tout de suite non plus je pense...

Antoine la regarda avec effroi, tristesse et admiration. Après tant d'épreuves, sa compagne parvenait encore à dominer les évènements comme s'il ne s'agissait que de cailloux sous ses chaussures.

— Je pense qu'il faut que tu prennes du temps pour toi, que tu te reposes, c'est important.

Judith caressa son visage avec gentillesse, recoiffant ses mèches indisciplinées. Ses mains se posèrent sur son poignet, examinant la cicatrice partiellement suturée.

— Si on doit discuter il faut que tu sois reposé et avec les idées claires.

— Je comprends, t'as raison, avoua-t-il non sans pester d'impatience intérieurement.

Sa compagne déposa un court baiser sur son front avant de se diriger vers la porte de la chambre.

— Je suis désolé... gémit Antoine devant la porte fermée.

* * *

Dans un coin de la pièce, un homme à l'imperméable crasseux écrasa sa cigarette en pouffant de rire.

— T'es toujours désolé ma poule...

Les bips de l'oscilloscope s'emballèrent dans un crescendo tonitruant, Antoine paniqua. La gorge serrée par ses sanglots accélérés, il ne pouvait plus soutenir la vision d'angoisse de cette créature dont il demeurait incapable de se soustraire.

— Judith ! Judith ! vociféra-t-il dans l'hôpital sans que personne ne l'entende.

La silhouette de Néga se précipita à son chevet pour poser sa main poussiéreuse devant sa bouche.

— Silence enfin ! Je suis là incognito...

— Je croyais t'avoir éliminé... dis-moi que tu vas me laisser tranquille... sanglota Antoine.

— Par où commencer ? Ce ne sont pas des notions simples à comprendre ma poule... Disons que... tu es une sorte de carburant pour moi. Jusqu'à présent je remplissais un certain réservoir qui m'octroyait des capacités plus intéressantes... mais... tu as percé ce réservoir.

— Donc tu vas partir ? espéra le trentenaire.

— Oui, et j'aurais pu et d'ailleurs dû te quitter dès maintenant. Mais étant donné les circonstances et le fait que ma gourmandise t'a conduit à certaines... extrémités...

Le démon fixa un instant la cicatrice à son poignet, grimaçant d'une tristesse feinte.

— Faut que je te file un coup de patte... dis-moi, elle a essayé de ton contacter ?

— Qui ça ? feint de répondre Antoine.

— Oh je t'en prie, la grande blondasse avec son resto de bourges !

— C'est possible oui... répondit-il avec suspicion.

— Très bien... alors... n'espère pas trop de ta relation avec cette créature. Pose-toi la question de tes envies et de tes besoins, c'est tout ce qui importe, développa le démon.

— J'ai hâte qu'elle te fasse disparaître Néga, se contenta-t-il de rétorquer.

L'esthinoxis s'effondra alors en une poussière noir violacée, lâchant une dernière phrase.

— Comme tu voudras, je te laisse te reposer ma poule.

13.

La confiance et ses neiges grenat

Un sommeil profond, réparateur. Un temps considérablement ralenti lorsqu'il aurait voulu l'accélérer. Antoine en prenait lentement conscience, Posi avait raison, les rythmes des évènements s'accordaient rarement à son rythme intérieur. La démolition s'avérait toujours plus aisée que la reconstruction. Maintenant qu'il achevait son effondrement, il lui fallait recoller les morceaux, un à un, sans le moindre ciment pour faire tenir l'ensemble.

Les quelques jours de son séjour hospitalier lui paraissaient une éternité. Dissimulant sa cicatrice sous un bandage recouvert d'un pull, Antoine n'avait pas cru bon de communiquer son état à sa famille. Seule Judith et son travail avaient été prévenus. Pour ce dernier, un simple courrier, sobre, sous la forme d'un arrêt de travail avait été envoyé.

Sans visite autre que le duo d'êtres imaginaires, Antoine profitait d'une solitude éclairée par diverses lectures. Mais la fresque sociale de Zola dans sa saga des Rougon-Macquart fut une échappée de courte durée. Bien vite, il se confronta au paradigme de l'auteur ; le déterminisme social. Les épreuves ne constituaient pas des choix éclairés mais des séquences répétitives d'évènements vécus maintes fois, de génération en génération. Les dilemmes devenaient héréditaires, le choix, une illusion, un contrôle sociétal. Antoine referma l'Assommoir et le posa à son chevet où une petite lettre trônait.

Une lettre provenant d'ARES TP, sans doute un avis de licenciement pour faute grave après son abandon de poste. De sa main au poignet intact, il se saisit de l'enveloppe et l'ouvrit timidement.

La missive le convoquait à un entretien avec ses supérieurs, Fabrice Thillier et le fameux directeur régional, Patrick Morille. Les deux hommes ne s'entendant qu'à moitié, il savait d'avance que la réunion serait compliquée.

S'agissait-il d'une opportunité de se racheter ou de la peine encourue pour ses actes ? Un espoir ou une angoisse supplémentaire ? Dans tous les cas, il redoutait une forme de procès.

Il laissa tomber le document pour retrouver sa position allongée, la seule dans laquelle il éprouvait encore un certain confort. Le sommeil le faucha rapidement, tandis qu'un goût de baie rose lui revint en bouche, pour l'emmener dans un ailleurs salvateur.

* * *

Un restaurant, au milieu du néant.

Le même orchestre, les mêmes clients, la même nappe et la même table, comme si Antoine était revenu à l'exact moment où son rêve s'était interrompu. Ou tout du moins, juste avant sa sortie dans l'arrière-cour.

Posi, rayonnante dans une robe fuchsia, déposait son regard mielleux sur chaque centimètre de son convive, toujours vêtu de son pyjama d'hôpital.

— Vous avez fait votre choix ? demanda-t-elle, rieuse, en lui indiquant le menu.

— Non, je... je n'ai pas encore regardé... bredouilla-t-il, confus.

Accoutumé de ces rêves de plus en plus conscients, Antoine s'étonnait de voir le temps s'écouler si lentement en comparaison des visions de Néga qui paraissaient d'une instantanéité ébouriffante.

— Je... vous êtes quoi exactement ? demanda-t-il, essayant de revenir à la charge de sa précédente question.

— Elle est venue vous voir, elle a veillé sur vous tout du long, esquiva-t-elle, leur volaille est à tomber par terre !

— De qui ? de quoi ? chercha-t-il désespérément à comprendre.

— Judith, elle est venue vous voir. Vous voyez bien qu'il y a de l'espoir.

— L'espoir n'est pas une certitude madame... soupira-t-il.

— L'angoisse non plus, mais l'un vous fait vivre, l'autre vous tue.

— Nous fait vivre... à petit feu vous voulez dire ! s'agaça-t-il. C'est de convictions dont j'ai besoin... de preuves si vous voulez, que les choses finiront par rentrer dans l'ordre.

Posi posa la carte et planta ses yeux de braise dans ceux intimidés, d'Antoine.

— L'ordre... rentrer dans l'ordre... c'est intéressant, songea-t-elle. Vous avez fait une sortie de route et maintenant vous voulez dégager votre voiture du fossé alors vous appelez la dépanneuse... La dépanneuse vient, mais au lieu de sourire vous êtes inquiet car vous devrez payer la facture des réparations.

— Et alors ? souffla Antoine, légèrement exaspéré.

— Et alors vous auriez pu vous estimer heureux que la dépanneuse soit venue. Dans toute cette équation vous supposez que la dépanneuse est un dû, un évènement quelconque, alors que précisément il s'agit d'une preuve que l'espoir est fondé. Si vous aviez confiance dans le fait que la dépanneuse vienne, pourquoi ne pas avoir confiance dans la suite !

— Je ne saisis pas votre argumentaire.

— Bon... il faudrait que nous passions commande mais le service est lent... suivez-moi nous allons aller dans l'arrière-cour le temps que je vous explique.

Posi se leva avec vivacité, secouant sa robe comme s'il eut s'agit d'un drapeau annonçant le départ d'une course.

Antoine franchit de nouveau la porte de bois menant vers la cour.

Un imposant paysage s'offrait à eux. Une neige uniforme à la couleur étrange, grenat, s'amoncelait sur le sol en un matelas de plusieurs dizaines de centimètres d'épaisseur. Cette curieuse couche glacée s'étendait jusqu'à l'horizon, étouffant toute la végétation, effaçant toute autre couleur qui viendrait concurrencer ce rouge impérial et le blanc nacré qu'offrait le ciel nuageux.

— Voyez cette neige, elle recouvre tout ou presque, asphyxie la vie de la région. Pourtant, vous savez qu'elle va finir par fondre, donc pourquoi s'inquiéter ? argumenta Posi en avançant dans la neige, jambes nues, sans émettre le moindre frisson.

— Qui vous dit qu'elle fondra dans un délai raisonnable ? rétorqua Antoine, suspicieux.

— Parce que nous entendons l'eau couler cher ami, un ruisseau coule et serpente sous nos pieds, chargé de la fonte du manteau neigeux.

Tendant l'oreille aux bruits alentour, Antoine ouï distinctement le son cristallin d'un cours d'eau. Bluffé par l'audition de sa complice nocturne, il ne put qu'acquiescer.

— Voyez comme les présupposés empêchent d'entendre les réelles preuves, les véritables éléments tangibles indiquant qu'il faut avoir confiance. La peur est plus rapide, plus instinctive, tandis que la confiance réclame un peu plus de talent, et vous êtes talentueux n'est-ce pas ?

Posi lui adressa un sourire malicieux avant de s'étendre sur le manteau rougeoyant, étendant ses bras en croix.

— Allongeons-nous un moment dans la neige, et ne pensons à rien... suggéra-t-elle.

Antoine s'exécuta, craintif d'abord, par le froid intense qui le saisit de l'intérieur, avant de ressentir un profond relâchement. Une sensation de confort, de douceur, l'enveloppa lentement. Une immobilité, une homogénéité, comme s'il faisait corps avec chacun des flocons disposés, s'il devenait un élément de ce motif givré. Là résidait peut-être cette notion de confiance ? La certitude de faire partie d'un tout, d'être un bloc inerte face aux évènements. Il ferma les yeux.

* * *

À son réveil, il fut surpris de retrouver Néga, pendu au-dessus de sa tête, semblant observer et analyser son sommeil. Antoine en sursauta de peur, avant d'afficher un regard courroucé. Revoir en permanence ce visage insolent et provocateur le harceler finirait par définitivement le rendre irritable.

— Alors ma poule, bien reposé ? demanda-t-il en sautillant au pied du lit. Dis-moi, j'ai vu que t'avais reçu du courrier, tu comptes y retourner ?

Encore affecté par son rêve, Antoine mit un temps avant de revenir à ses préoccupations.

— Jamais tu me lâcheras les basques hein ? Oui j'irais, j'ai confiance en Fabrice, je sais que c'est rattrapable et qu'il me lâchera pas, surtout face à Morille...

— Ah bon ? C'est pourtant lui qui t'a mis dans cette galère... Moi je serais toi, je ferais profil bas, je resterais dans mon trou de souris en interagissant avec le minimum de personnes.

Antoine se redressa mollement et fixa son poignet avec mélancolie pendant que Néga continuait sa logorrhée.

— Les évènements sont hasardeux, tout repose sur le hasard et le chaos, tu ferais confiance au chaos toi ? demanda-t-il en écarquillant ses yeux violacés.

Un dilemme s'incarnait en lui.

— Je peux pas rester ici, il faut que j'y aille, dès que ce sera possible...

* * *

Quelques jours plus tard, Antoine se rendit dans les locaux d'ARES TP. Trois semaines s'étaient écoulées depuis son départ catastrophique. En foulant l'épaisse moquette des bureaux, le trentenaire se gardait bien du moindre coup d'œil à ses anciens collègues ou aux autres équipes. Les rumeurs allaient bon train et il n'avait aucune connaissance sur ce qui pouvait bien se raconter à son sujet.

Une profonde angoisse incarnée sous la forme d'une aigreur d'estomac lui tordit le ventre. Une angoisse mêlée de honte, de colère, et d'un reliquat de haine. Il se surprit à penser qu'il n'avait pas besoin de Néga pour revenir à son

159

état initial. L'esthinoxis tenait davantage le rôle d'agitateur que de créateur. Il manipulait habilement un matériau noir existant déjà, ayant peut-être toujours existé. Cette pensée le traversa de manière fugace, avant d'en être chassée par le stress accompagnant ce rendez-vous qui scellerait sa carrière.

Au détour d'un couloir, et alors qu'il frémit en croyant apercevoir Henri ou un membre de son équipe, il se rassura étrangement en apercevant Néga s'appuyer contre un mur, semblant l'attendre.

— Eh bin ma poule, t'as l'air soulagé de me voir ! Ça fait plaisir !

Antoine ne répondit pas, ne souhaitant pas ajouter des symptômes de folie à sa dépression. Fabrice Thillier surgit des abords de l'open space, sa bonhomie tranchait avec l'aspect ébaubi dans lequel il l'avait quitté. Curieusement chaleureux, son chef d'équipe le tint par l'épaule et le poussa jusqu'à son bureau comme pour ne pas le laisser trop longtemps à la vue de tous.

— Installe-toi tranquillement, Patrick ne va pas tarder... expira-t-il inquiet tout en s'asseyant. Bon, je vais pas te demander comment ça va, t'as pris le temps de te reposer un peu ?

— Ça n'a pas été facile, mais... ça va mieux, se contenta-t-il de répondre sobrement.

La porte s'ouvrit sans avertissement, dévoilant le troisième protagoniste de cet échange, Patrick Morille, le directeur régional. Morille, surnommé Gorille par toute l'implantation, se caractérisait par une carrure aussi large et haute que son verbe était fort. D'une quarantaine d'années, ses larges succès et sa gestion des projets en faisaient un chef apprécié de la direction, particulièrement craint des chefs d'équipe comme Fabrice, et fondamentalement évité par l'ensemble des ingénieurs.

L'arrivée de Morille sur le moindre sujet signifiait un constat d'échec. Sans nul doute que Fabrice souhaitait soigner et préserver les apparences. En dix ans d'expériences chez ARES TP, tandis qu'il avait pu échanger et nouer des liens avec quasiment tous ses homologues, y compris Fabrice, Antoine n'avait que rarement vu Morille.

En entrant dans le bureau, celui-ci toisa Antoine avec un semblant de mépris, avant de s'installer aux côtés de Fabrice. Un sentiment de malaise envahit le trentenaire qui se vit assaillit de pensées noires. Se sentant jugé, coupable et effroyablement bête après tous ces évènements, il aurait souhaité quitter la salle et ne jamais y revenir.

Il détourna le regard, comme pour ne pas affronter les yeux d'aigle de Morille et le sourire gêné de Thillier. Il aperçut alors Néga, confortablement vautré dans le siège à ses côtés, jouant avec les trous de son imperméable rapiécé, visiblement ravi d'assister à pareille réunion.

— Bon, amorça Morille avec force, vous vous êtes bien reposé...

— Je pense pas que ça ait été une promenade de santé Patrick, intervint Fabrice devant l'air étonné d'Antoine.

L'important c'est qu'il prenne du temps pour lui et nous revienne en forme, on en a discuté...

— Oui mais je reste sur ma première option, le licenciement, annonça-t-il froidement en tournant les pages d'un dossier posé sur sa table.

— Vous licencieriez une personne pour dépression ? s'indigna le chef d'équipe, on n'a pas le droit de...

— Non pour abandon de poste, Fabrice, enfin ! Il s'est barré en plantant tous ses projets, des jours à faire des courbettes à tous les clients !

— Je sais mais...

— À récupérer les données de son ordi qui était verrouillé, poursuivit Morille. C'est un bureau d'études ici pas un cabinet d'assistance sociale !

Néga gloussait dans son coin en guettant l'expression amorphe d'Antoine aux prises avec sa culpabilité. Le trentenaire imaginait à peine comment tous avaient pu percevoir la crise soudaine qui le traversa.

— Je suis désolé... intervint-il, sincère. J'aurais pas dû, c'était ridicule.

— T'aurais pas dû mais tu l'as fait mon coco, assume, commenta Néga en retrouvant son sérieux.

— Il a dit qu'il était désolé... Patrick... ajouta Fabrice comme supplique à son supérieur.

— Patrick ! Patrick ! Quoi Patrick ? s'emporta ce dernier. Ça ne suffit pas d'être désolé quand on plante son équipe !

— Vous voulez peut-être comprendre... pourquoi ? demanda Antoine qui tenta d'ouvrir une porte à une éventuelle explication.

— Ça ne m'intéresse pas, non, martela Morille. Ce que je veux savoir c'est si on peut te faire confiance ou non ? Et je crois que la réponse est non.

— On en revient au même mot... soliloqua le démon, confiance...

— Et moi, je peux vous faire confiance ? rétorqua Antoine.

— Pardon ?

— Y avait clairement une charge de travail trop importante et...

— On n'a pas entendu tes collègues s'en plaindre, assena le directeur.

Cette réplique fit l'effet d'un véritable coup de marteau sur la vitre de ses espoirs. Antoine s'en retrouva instantanément brisé. Effectivement, personne dans l'équipe ne maugréait comme lui dans son travail, s'agissait-il d'un problème qui lui était propre ? N'était-il tout simplement pas fait pour ce métier ?

Ses réflexions furent interrompues par Fabrice.

— Si, y a beaucoup de boulot Patrick faut être honnête. Regarde à quelle heure tout le monde finit en moyenne. J'ai mes stats perso, regarde moi ce graph'.

— Y va nous ressortir le coup du nuage de points, railla Néga, débonnaire.

— Près de 2 heures supplémentaires par jour en moyenne, sur toute l'équipe, avoua le chef d'équipe en montrant les quelques mesures ponctuelles qu'il avait pu faire ces derniers mois.

Cette donnée qu'Antoine ignorait avait des répercussions paradoxales. Tantôt cela signifiait que leur chef se souciait véritablement d'eux, tantôt qu'il avait conscience du problème depuis des mois voire des années sans le résoudre.

— Ça ne veut pas dire qu'ils sont plus productifs, trancha Morille, on les retrouve à la machine à café près d'une heure par jour, toi aussi d'ailleurs.

Fabrice fit une moue résignée et baissa la tête en signe d'abandon.

— Il vient carrément de dire que t'étais un glandeur ma poule, ponctua le démon.

— Écoutez, je sais pas quoi vous dire, reprit Antoine, soudain galvanisé par l'impertinence de cette dernière remarque, est-ce que d'ailleurs je suis censé me justifier ? Ou juste signer un document quelconque pour les démarches du licenciement ? Les faits sont là et je ne peux pas les contredire. Si mon profil ne correspond pas ou plus, alors je comprendrais que vous vous sépareriez de moi. Malgré tout, pour vous, comme pour moi, je pense qu'une rupture conventionnelle serait un juste milieu.

— Très bien, voilà qui a le mérite d'être honnête, répondit Morille dans un rictus carnassier.

— T'es vraiment un petit soumis c'est pas possible ! Tu donnes le bâton pour te faire battre là ! s'agaça Néga qui tambourinait sur l'accoudoir de sa chaise pour se faire entendre.

— Chut ! réagit Antoine sans y prêter attention.

— C'est à moi que vous dites chut ? questionna Morille en écarquillant les sourcils.

— Non pardon j'ai éternué, se reprit l'ingénieur.

— Ok pour la rupture conventionnelle, poursuivit Morille, ça évitera plus de problèmes à tout le monde.

Fabrice sortit alors de sa torpeur pour revenir à la charge.

— Non je suis pas d'accord, c'est trop con. Antoine tu vas rencontrer le même souci ailleurs, on n'est pas les méchants du système. Tu aimes ton boulot, tu aimes ton équipe et t'as super bien bossé et progressé pendant 10 ans chez nous, sans le moindre accroc, quelle image on donnerait si on coupait tout maintenant ?

— Je sais pas si j'en suis capable... lâcha Antoine, visiblement touché par l'attention de son chef d'équipe.

— Rohlala... protesta l'esthinoxis qui mimait Antoine en train de pleurnicher.

— Bien sûr que t'en es capable ! Je te propose que tu prennes ton temps, tu te ressources un peu et nous, on essaye de te proposer des solutions d'aménagement pour redescendre la pression.

Morille laissait libre cours au dialogue en regardant fréquemment sa montre avec prédation.

— Tu prends sur toi Fabrice hein ? Là c'est toi qui t'engages, commenta-t-il en se levant, l'air exaspéré.

— Et comment que je m'engage ! J'ai personne Patrick ! Impossible de recruter, on crève sous la charge, tu crois que je vais laisser les talents aller nourrir les gros poissons qui n'attendent que ça ? Ou pire, les voir saboter leurs carrières ?

Morille feint de ne pas entendre et quitta le bureau.

— Je vais faire en sorte de revenir vite, promis Antoine, impressionné par l'énervement de Thillier qu'il connaissait pour être entier avec son équipe, et beaucoup plus timide avec sa hiérarchie.

— Pas vite Antoine, tu reviendras au moment opportun quand vraiment tu auras réellement retrouvé ton équilibre, l'interrompit-il. C'est un pari risqué pour nous deux, si on se goure de timing, tu vas rechuter et moi j'aurais plus aucune crédibilité. Tu saisis ?

Antoine saisissait, et avec lui, Néga, qui l'examinait avec des yeux envieux et affamé.

Là résidait le cœur de ses espoirs et la pire de ses craintes, celui de voir d'autres que lui tenter de l'aider dans des problèmes personnels. Certes, il recevait de l'aide et cela lui réchauffait l'âme, mais si par malheur il rechutait, il emporterait dans son sillage tous ceux ayant eu l'audace et l'amitié de lui tendre la main.

14.

La passivité et son étang écarlate

Deux semaines, ce n'est que deux semaines après cette nuit entre deux collines qu'Antoine eut le privilège de pouvoir s'affranchir définitivement de l'hôpital et de son contrôle médical. Un délai interminable qui pourtant demeurait une véritable chance. La personne qui avait prévenu les secours pour le conduire ici avait vraisemblablement fait passer son acte pour un accident ou un règlement de compte et non pour une tentative de suicide.

Si au départ sa seule préoccupation fut de dormir et de récupérer les forces qui lui manquaient, de multiples interrogations vinrent le saisir lorsqu'il repensait à cette nuit-là et à ses conséquences. Des policiers passèrent même prendre sa déposition quelques jours plus tôt, allant jusqu'à lui demander de décrire son agresseur. Le trentenaire affirma ne se souvenir de rien, et cela allait mieux ainsi.

De fait, il fut épargné par les traitements médicamenteux lourds et l'isolement total accompagnant les personnes suicidaires. Aucun soutien psychologique ne lui fut imposé et tout cela lui procurait un immense soulagement. Il avait tant à gérer avec ses deux visiteurs qu'il ne pouvait prendre le risque de s'acoquiner d'autres individus et substances parasites.

Ses journées s'articulaient autour d'un rythme lent, forcé, marqué par la peur de se voir rechuter. Malgré les discussions amusantes avec Judith, qui d'ailleurs n'était pas dupe de la situation, malgré la main tendue de Thillier ; il sentait l'angoisse l'observer, guettant et critiquant chacun de ses choix, chacun de ses pas.

N'osant s'aventurer à rentrer chez lui, il acta de prendre quelques jours en compagnie de sa famille, regagnant la maison de son enfance pour des moments qu'il redoutait d'avance.

* * *

La maison familiale offrait aux yeux d'Antoine les vestiges d'années poncées par la maturité. Sa chambre, inchangée, semblait une véritable photo d'époque dans laquelle il pouvait se promener. Ses posters de groupes de Hard Rock, son bureau maculé de papiers, de carnets divers complétés par des gribouillis adolescents, sa vieille tour de PC à la pointe de la technologie des années 2000, aujourd'hui inutilisable ; tout était resté posé là, comme le témoin d'une identité figée, abandonnée par une vie plus austère.

Il parcourait le long de son mur les vieilles photos de classes placardées comme de vieux trophées ; qu'avaient donc bien pu devenir les gosses sur ces photos ? Certains avaient peut-être une vie extraordinaire, il leur souhaitait. En réalité, le constat qui l'effrayait le plus, était que parmi cette trentaine de garnements aux bouilles salies de chocolat, la plupart n'ait pu en réalité conquérir ce à quoi leurs cœurs d'enfant aspiraient.

Tout comme le sien, ces cœurs s'étaient sans doute assoupis au sein d'une douce somnolence aseptisée.

Plongé dans ses souvenirs, il fut interrompu par la délicieuse odeur du plat familial, une blanquette de veau accompagnée de riz et de pommes de terre sarladaises, la spécialité de Madame Chabaud, comme se plaisaient à le dire ses frères ; mais Madame Chabaud était morte il y a 10 ans déjà.

Cette odeur, autrefois synonyme de dispute dans la fratrie, de vaisselle cassée entre les deux époux, se changea rapidement en un fumet d'une prodigieuse douceur ; une ode au réconfort. Antoine se surprit à constater les différentes perceptions contradictoires d'un même évènement, peut-être en viendrait-il à apprécier Néga après tout ce qu'il avait pu faire ?

Cette idée fut rapidement chassée de sa tête par les beuglements de ses deux frères partis le rejoindre à l'étage.

— Bah alors l'intello, on file dans sa chambre sans dire bonjour ?

Ainsi avait parlé Julien, de deux ans son cadet. L'intello, c'est comme ça qu'ils appelaient Antoine, le seul à avoir poursuivi ses études. Un surnom devenu affectueux qu'il portait depuis l'enfance, non sans avoir été maintes fois mis à l'écart durant leurs jeux. Julien, oscillant régulièrement entre petits boulots et périodes de chômage, n'avait qu'en de rares occasions prit son indépendance du domicile familial. Pour des filles de passages, quelques fois, il s'absentait quelques semaines, finissant toujours par revenir à la maison.

— J'ai préparé la tambouille, vous venez ? Et t'auras le droit à du rab Tony, t'es tout maigre !

Et ainsi parla Tristan, le benjamin de la fratrie, de trois ans son cadet. Tristan, de bonne constitution, tenait un restaurant dans cette même ville. Difficile à joindre, il demeurait en cuisine la plupart du temps. Artisan exceptionnel, il savait reproduire toutes les recettes de leur défunte mère, s'étant mis à l'ouvrage après le décès de celle-ci, pour consoler ses frères. Tempétueux mais le cœur sur la main, Tristan rendait très souvent visite à leur père, et entretenait avec Julien une grande complicité.

— Oui je posais juste mes affaires, je vous rejoins, répondit l'aîné. Ça sent super bon... t'as encore fait des miracles...

En 10 ans, Antoine n'était revenu dans cette maison que quatre fois, trois fois pour noël et une fois pour présenter Judith. Il se sentait comme un étranger chez lui, parfaitement déconnecté de ses frères qu'il voyait comme des cousins éloignés. Cela n'avait pas toujours été ainsi, mais par la force des choses, loin du cœur, loin des yeux.

***

Le dîner se déroula dans une gêne palpable, les trois fils et leur père dégustaient leur blanquette, conversant avant tout du goût et de la cuisson. Aucun d'eux n'osait franchir le cap de sujets plus intimes, en particulier, celui de leur père malade. La musique du repas s'articula ainsi, entre regards en chien de faïence, commentaires gastronomiques, bruits de mâchouillement, de déglutition, et la toux creuse du chef de famille. Au son hybride entre un tambour de guerre et une flûte traversière éraillée, sa toux n'avait rien de la grippe hivernale. Chaque quinte renvoyait ses fils à un dilemme, en parler et risquer de briser la paix de ce repas inespéré, ou se taire et attendre, jusqu'à la prochaine.

Pudiques, ils se contentèrent de lui resservir de l'eau, tout en recouvrant leurs visages du masque de l'inquiétude.

Chacun regagna sa chambre après ce repas copieux, sans s'engager dans une poursuite de cette soirée déjà éprouvante de ces austères retrouvailles. Antoine s'endormit dans ses draps anciens, ces mailles de coton qui avaient su éponger les larmes de ses chagrins d'enfance, et qui aujourd'hui épousaient ses pleurs d'adulte. Les problèmes avaient su grandir avec lui, mais la douleur, elle, restait insensible au temps, comme imprimée dans les lieux.

***

Un restaurant, au milieu du néant.

Les serveurs se croisaient sans se heurter dans une chorégraphie étudiée et rythmée. L'orchestre de Jazz s'octroya le droit de changer de partition pour entrer dans une phase plus divertissante.

Les conversations se décrispèrent, les chuchotements des gens de la haute société se muèrent en rires sonores dès lors que le vin eut coulé. Le vin, un saint-émilion, Couvent des Jacobins année 2009, un rubis liquide abreuvant les verres sans fond.

Posi huma délicatement le parfum de son verre comme si elle venait de cueillir une fleur des champs. Sa robe avait encore changé, passant du fuchsia à une splendide dentelle d'un rouge primaire, agressif. Son allure de femme fatale jurait avec sa voix tendre et mielleuse.

Antoine face à elle avait lui aussi changé de tenue. Fini le pyjama d'hôpital, l'heure de la chemise blanche venait de sonner. Plus à l'aise, il se prit à profiter de l'ambiance chaleureuse de la soirée.

Devant eux, les assiettes vides d'un foie gras d'exception témoignaient de leur appétit.

— Nos amis sont débordés ce soir, nous devrions sortir quelques instants nous promener, avant le plat principal, proposa Posi.

Antoine acquiesça et la suivit docilement. S'il demeurait perméable aux méthodes de Posi, il gardait une méfiance toute particulière héritée de son expérience avec Néga. Cette femme avait beau être particulièrement aimable et avenante, son caractère surnaturel ne pouvait selon lui être dénué de malice.

La porte de bois s'ouvrit à nouveau sur l'arrière-cour.

Là, un splendide paysage bucolique s'étendait sous leurs yeux. Un étang aux eaux écarlates, cerclé de roseaux grouillant de vie, au cœur d'une forêt dense. Une faune magnifique regroupant cerfs, sangliers et petits mammifères s'y abreuvait en silence. Sous un ciel clairsemé, éclatant, et un soleil de plomb, le lac laissait échapper une vapeur rosée s'élevant dans l'atmosphère ; ce paradis s'évaporait lentement.

Les deux convives s'installèrent au pied de l'étendue d'eau, s'assirent dans l'herbe grasse pour contempler la scène.

— Qu'est-ce que cela vous inspire cher ami ? lui demanda Posi.

— Eh bien, je dirais que ce lac aussi beau soit-il ne va pas durer, l'eau va s'évaporer et la faune n'aura plus de quoi boire. On le voit sur les berges que le lac était plus haut et que le niveau a baissé. Il faudrait intervenir, faire une étude, voir les solutions qui peuvent être envisagées pour le maintenir, constata l'ingénieur.

— Toujours à vouloir maintenir les choses... soupira Posi. Vous savez que l'eau coulera toujours malgré l'érosion des collines et les aléas des saisons... en cherchant à contrôler les choses, on les perd vous savez ?

À cet instant, une rupture se produisit entre les deux interlocuteurs. Si auparavant il buvait les paroles de Posi qu'il trouvait sage et réfléchie, il s'interrogeait grandement sur la pertinence de son dernier argument.

— Ce que vous dites est faux, ce lac va disparaître, ce n'est pas le premier ni le dernier à disparaître... ça arrive, et en aucun cas il sera éternel, maugréa-t-il.

— Peut-être, mais pourquoi vouloir absolument le sauver ? Ce n'est pas parce que les choses sont éphémères qu'elles sont moins belles...

L'ingénieur s'agaça, son œil cartésien su discerner la versatilité des arguments de Posi. Avait-elle seulement un point de vue précis ? Ou bien se contentait-elle de faire germer des situations pour suggérer des émotions à la manière de Néga. Il se posa un instant, faisant croire à sa convive qu'il réfléchissait à la question, avant de rétorquer.

— Vous êtes quoi ? Ne cherchez pas à vous défiler à cette question.

Posi tiqua quelques secondes avant de retrouver son sourire angélique, apparaissant sous des traits beaucoup plus gênants et incongrus.

— Vous n'êtes pas un client facile, vous ! rit-elle avec malice.

— Un client ? s'étonna Antoine qui écarquilla les yeux.

— Je ne sais pas comment ce « Néga », comme il aime se faire appeler, a pu souiller suffisamment votre âme pour que vous soyez à ce point imperméable à mon discours mais je vous suggère d'être un peu plus participatif si vous voulez que les choses s'arrangent ! jaillit-elle avec une certaine véhémence.

— Vous me menacez ? s'indigna le trentenaire qui se redressa.

— Non, je suis là pour vous aider, je suis la seule à pouvoir vous aider ! protesta Posi qui changea brusquement de timbre.

— Vous me rappelez quelqu'un c'est drôle, sauf qu'il ne s'habillait pas en robe et qu'il ne faisait pas semblant, railla-t-il.

— Attention cher ami, je m'occupe de vous parce qu'on m'en a donné l'ordre, mais je pourrais très bien ...

— Tiens dont... on vous en a donné l'ordre... qui est « on » ? releva-t-il.

Posi expira longuement avant de se mettre elle aussi debout.

— Vous posez des questions qui n'ont aucun lien avec ce dont vous souffrez, conclut-elle. Votre besoin de savoir et de contrôle sur tout est peut-être l'élément déclencheur de ce qui vous terrifie. Croyez bien que Frénégas, ou Néga comme vous l'appelez, le sait et l'utilise. Apprenez à lâcher prise Antoine ! Les choses iront mieux d'elles-mêmes si vous leur permettez d'agir.

Antoine resta coi, la discussion le dérangeait, ce thème le tourmentait et plus il s'exerçait à trouver une vérité, plus il s'éloignait du maigre équilibre qu'il était parvenu à reconstituer.

— Je crois que c'est tout pour aujourd'hui, acheva Posi, je vous laisse méditer là-dessus cher ami.

* * *

Antoine se réveilla en sursaut, non pas qu'il eût voulu interrompre son rêve, mais parce que quelque chose l'en avait sorti. Une toux rocailleuse n'en finissant pas de s'élever dans les poutres de la maison, son père s'étouffait.

Se précipitant dans sa chambre, il rejoignit ses deux frères déjà attelés à aider leur père. Tristan tenait une bassine et Julien lui tapotait le dos pour l'aider à expurger ses muqueuses encombrantes.

— Faut pas lui taper le dos ! intervint Antoine.

— On t'a demandé l'heure à toi ? rugit Julien, retourne te coucher, on gère.

Antoine ne préta pas attention aux remarques de son frère et tint le bras de son père.

— Aller papa ça va aller, faut que ça sorte c'est tout, tu te sentiras mieux après...

— T'es toubib toi ? râla de nouveau Julien en passant une serviette humide sur le front de leur père.

— Juju ta gueule, c'est pas le moment, commenta le benjamin.

Son père avait travaillé des années comme foreur sur de nombreux chantiers. Jadis, il portait des tubes d'acier de plusieurs dizaines de kilos à longueur de journée sans éprouver le moindre signe de fatigue. Aujourd'hui, il peinait à se saisir du mouchoir à son chevet.

Antoine eut les larmes aux yeux d'entrevoir une fin à ce qu'il pensait être inaltérable. Si sa mère les avait quittés accidentellement, elle l'avait fait dans la force de l'âge.

Jamais il n'avait côtoyé la véritable faiblesse, cette longue déchéance vers le néant, vers le crépuscule de l'oubli.

— Arrête de rêvasser l'intello et va nous chercher de l'eau... jaillit Tristan avec sang-froid.

— Il faut plutôt appeler les secours non ? demanda Antoine la voix tremblante. Il fait un malaise c'est certain ! On n'a pas la compétence pour...

— Traite nous de débiles tant que t'y es ! vociféra Julien

— Juju silence ! s'énerva Tristan, essuyant leur père, c'est les effets de la chimio Tony, faut que ça passe.

Leur père s'effondra en une nouvelle quinte de toux dévastatrice, vomissant un liquide noirâtre dans la bassine, sous le regard dévasté de ses fils.

— Non, je me tais pas, vitupéra le cadet, c'est bon, t'es qui toi au juste ?

Julien chargea violemment Antoine et le plaqua contre la porte de la penderie, dans un fracas épouvantable. Ses veines se gorgèrent de sang jusqu'à marquer son crâne rubicond de stries et de nervures.

— T'es de la famille ? Tu te barres des années et tu reviens juste pour nous donner un cours ? Ça fait des mois qu'on s'occupe de Papa, et toi tu viens faire l'ingénieur modèle ? Reste à ta place imbécile, et ta place elle est pas là !

Julien le plaqua une nouvelle fois, comme pour ajouter un point final à sa tirade. L'aîné, sonné, se laissa fondre au pied de l'armoire, contemplant ses deux frères au chevet de leur père, et lui, absent de la scène.

177

La toux finit par se calmer, son père finit par s'assoupir, et les frères quittèrent la chambre.

Antoine resta ahuri au pied de son armoire, assis à côté de Néga qui avait sans doute dû le rejoindre peu après l'altercation.

— On peut pas le laisser finir comme ça... chuchota l'ingénieur, les yeux brûlants de larmes corrosives.

— Pourtant ta nouvelle copine t'a dit que c'était comme ça... le lâcher prise... si tu l'écoutais tu devrais même pas t'en soucier et tracer ta route... commenta l'esthinoxis.

— Vous m'épuisez tous les deux... soupira-t-il.

Antoine se leva et, à pas de loups, se rendit auprès de son père endormi pour lui tenir la main. Bien que profondément inconscient, il sentit ses doigts se resserrer autour des siens, et vit son visage ridé s'émailler d'un léger sourire.

Beaucoup de choses l'avaient quitté, dont sa force, mais son sourire, lui, restait exactement le même. Antoine se surprit à lui sourire également, comme une étincelle de joie dans cette nuit bien sombre.

Dans un coin de la pièce, le démon observa un moment la scène, ses petits yeux violacés brillant dans la nuit, masquant un rictus fugace qui, d'habitude si féroce, dénotait cette fois par sa sincérité.

15.

Le calme et sa montagne de grès rose

Deux mois s'étaient écoulés depuis cette nuit-là, sans aucun signe des deux créatures oniriques. Focalisé sur le rétablissement de son tissu familial, pour le bien et la santé de son père, Antoine œuvrait assidûment à renouer avec ses frères. Il profitait allégrement de son arrêt maladie pour assister aux séances de chimio, entretenir la maison, et passer le maximum de temps à quatre. S'il se rendit rapidement à l'évidence qu'une décennie de manques et de non-dits ne pouvait se rétracter en quelques semaines, il remarqua un mieux dans leurs relations. Un mieux se caractérisant particulièrement par l'absence de disputes, ce qui entre eux demeurait déjà un fait d'exception.

Bien entendu, ses frères ne disposaient d'aucune information sur les raisons officieuses de son séjour prolongé. Antoine annonça simplement le départ de Judith pour un déplacement en Italie dû à des raisons professionnelles et fit passer son absence de travail par la pose de congés afin de s'occuper de leur père.

L'éloignement prolongé de l'aîné ces dernières années avait su les rendre plus naïfs à ses déclarations.

Judith ne restait pas si éloignée de lui qu'il y paraissait. Prenant régulièrement de ses nouvelles, la jeune femme et lui se rencontrèrent à de multiples reprises pour déjeuner, tentant de conserver un contact, espérant mutuellement se retrouver véritablement un jour, synchroniser à nouveau leurs désirs. S'il s'était montré impatient, irraisonné, il savait qu'il n'avait plus le droit à l'erreur, que son but ne pourrait n'être qu'une simple reconstruction. Il lui fallait aller au-delà, franchir et repousser les limites qui le conduisirent à sa chute.

Ainsi, Antoine ne voyait aucunement cette période passive comme une réussite, mais comme une phase de préparation, de repos, un calme avant la tempête. Bientôt, il lui faudrait reprendre le travail, ses jours d'arrêt arrivant bientôt à leur terme. Il s'imaginait devoir se justifier de tout à ses collègues inquisiteurs, à refaire ses preuves après avoir mis tant d'années à asseoir sa compétence. Et surtout, il craignait de reproduire le schéma destructeur le conduisant ici.

Fabrice et lui discutèrent de longues heures au téléphone, arguant du meilleur scénario de reprise. Un mi-temps les trois premiers mois, pour ensuite repasser à temps plein si les conditions s'avéraient favorables. Thillier, particulièrement craintif du jugement de Morille, se savait observé. Antoine quant à lui, prenait conscience que ces trois mois allaient constituer une épreuve particulièrement difficile. À chaque probabilité d'échec, la direction le pousserait sur la sellette.

* * *

La veille de sa reprise, le trentenaire se tourna encore et encore dans son lit, jusqu'à former avec les draps une véritable crêpe enroulée. Son esprit se torturait autour de la même question ; pourquoi n'avait-il pas démissionné ?

ARES TP, comme la plupart des entreprises de son secteur, se caractérisait par un fort turnover. Les jeunes diplômés entraient, y restaient deux ou trois ans, puis partaient pour renégocier leurs salaires auprès d'autres entreprises. La moyenne d'âge de son équipe ne dépassait guère les 25 ans.

Pourquoi n'avait-il pas démissionné ? Parce qu'il avait peur de ne pas retrouver de travail ? Parce qu'il était fait pour ça ? La pression incessante, le contexte de cette époque lui correspondant de moins en moins, cela ne pouvait être ça.

Alors peut-être que c'est bien le contenu de ses missions qu'il affectionnait ? Effectivement, Antoine aimait son travail, et appréciait davantage être sous une certaine pression. Bien qu'il n'osât l'avouer, le fait de n'avoir rien à faire ou d'avoir un rythme plus lent le désarçonnait davantage qu'une surcharge d'activité.

En fin de compte, il demeurait un passionné ayant rompu avec la petite flamme motivant son acharnement. L'avait-il perdue ? Ou bien celle-ci avait été chassée par ses problématiques personnelles, par ce besoin matériel plus conséquent une fois la trentaine passée ? Il l'ignorait.

Rapidement, cette gesticulation mentale le conduisit à un sommeil rapide, et aux portes d'un restaurant.

* * *

Un restaurant, au milieu du néant.

Antoine réapparut, vêtu de sa chemise blanche, siégeant à la table de Posi. Le service battait son plein et l'ensemble des convives se régalaient du plat principal. Un parfum mêlé de plusieurs viandes en sauce s'élevait dans l'horizon, porté par les effluves de vins millésimés.

Posi et lui mangèrent en silence. Une blanquette de veau, accompagnée de patate et de riz, de quoi faire sourire son protégé. La créature espérait sans doute réparer le froid laissé par leur dernière rencontre en faisant un pas vers lui, mais l'ingénieur n'était pas dupe.

— Qu'est-ce que vous espériez à me servir ça dans un lieu comme celui-ci ? Vous vous prenez pour ma mère ? s'indigna le jeune homme.

— Ne vous fâchez pas voyons mon ami, ce serait grossier, rétorqua-t-elle le visage grimaçant. J'ai simplement voulu vous faire plaisir !

— Me faire plaisir avec une pâle imitation dans le seul but d'éveiller une émotion en moi dont vous pourriez vous nourrir ? En plus je vous avoue, c'est très mal fait, la sauce est trop liquide, les champignons pas assez cuits, le riz colle, vous ne lui arriverez jamais à la cheville.

La colère vibrante d'Antoine coupa une nouvelle fois toute la musique du restaurant, les regards se retournèrent sur lui, bien plus agressifs que la fois précédente. Posi rit.

— Votre autre ami a eu tellement d'effets sur vous que vous transpirez de ses manières... faites attention, ce petit paradis n'apprécie que très peu la colère, avertit-elle. Vous ne voudriez pas d'un rejet, mon ami...

— Et pourquoi pas ? défia-t-il avec assurance. Peut-être que le plus grand bien que vous puissiez me faire c'est de me laisser tranquille non ?

— Peut-être bien oui, acquiesça-t-elle en prenant une gorgée de son verre de vin, mais qu'en sera-t-il de Néga une fois que je serai partie ? Je sais qu'il est encore là, à vous épier, à vous conseiller... si je ne suis pas là pour maintenir un certain équilibre et vous contraindre à explorer certaines pistes, il reprendra la force qu'il avait auparavant, et qui sait dans quel état vous vous trouverez alors ?

Antoine eut un tressaillement, se pouvait-il que le caractère adoucît de Néga soit réellement du fait de cette dame en robe ? Ou bien cela était encore une manipulation déguisée ? Depuis le début de leur rencontre, il n'avait cessé de devoir croire encore et toujours aux éléments qu'on lui imposait, sans prendre nécessairement le temps d'enquêter et de chercher par lui-même. Peu importait son état de santé mental, il voulait percer une fois pour toute le mystère du fonctionnement de ces individus et leurs réelles intentions.

— J'ai vu une voyante un jour, débuta-t-il, le ton sérieux, qui a ouvert un grand livre tombant sur la page de créatures, les esthinoxis, dont je crois Néga fait partie.

Les traits de la femme en robe de soirée se crispèrent en une fraction de seconde, surprise, mais surtout impressionnée.

— Depuis le début, vous avez exactement la même mécanique que lui, à ceci près que je possède davantage mes facultés intellectuelles ici que dans les rêves de Néga... est-ce que c'est normal, ou bien est-ce une stratégie de votre part ?

Posi reposa son verre de vin et prit un air dédaigneux, croisant les bras et se plaquant sur le fond de sa chaise, adoptant une attitude de repli.

— Ni l'un, ni l'autre. À force d'intervenir dans votre esprit, vous présentez une certaine forme de résistance. Frénégas a rempli son rôle mais a usé et usé de son pouvoir sur vous. À la manière d'un cambriolé qui poserait une alarme après avoir été victime d'un vol, votre esprit s'est fardé de certaines défenses...

Le silence régnait toujours dans la salle, pas un tintement de verre ou de frottement de pas contre la moquette ne vint interrompre l'échange devenant de plus en plus tendu. Antoine ne comptait pas s'arrêter là.

— Vous n'intervenez donc pas toujours après un esthinoxis, mais vous en avez exactement les mêmes méthodes avec un but supposé inverse... vous êtes quoi ?

Les convives se dressèrent hors de leurs tables pour s'amasser autour d'eux, les yeux rouges, l'air menaçant.

Posi arborait un visage contrarié. D'un geste de la main, elle fit signe à tout le monde de se rassoir et de regagner son calme. L'orchestre repris, de même que le défilé des assiettes et des serveurs.

— N'en parlons pas ici, venez...

La femme en robe lui tendit la main pour l'emmener par-delà la porte en bois menant à l'arrière-cour.

La porte s'ouvrit sur une formidable vision. Une falaise de grès rose, d'une centaine de mètres de haut, trônait au-dessus d'une mer de sable balayée par les vents. En contrebas de celle-ci, des hommes s'affairaient autour d'une gigantesque machine ; un tunnelier. Visiblement, ils cherchaient à percer la falaise pour la traverser.

Posi perdit l'équilibre et s'assit un moment sur le promontoire formé par l'escarpement, reprenant son souffle. Antoine l'observait avec une certaine compassion. S'approchant d'elle, il vint à s'accroupir à ses côtés, comme pour s'excuser d'avoir été si brusque dans un échange qui de toute évidence, avait affecté la créature.

— Je suis une esthichars, amorça-t-elle, aussi appelée dévoreuse de joie. Mon but est de susciter des émotions agréables pour m'en nourrir.

— Vous êtes un ange ou un truc du genre ? s'empressa de demander l'ingénieur.

— Non... un démon, tout comme Frénégas.

185

Posi semblait se tordre de douleur, s'affaiblir considérablement. Antoine n'en démordait pas.

— Vous avez dit que vous aviez été missionnée, pourquoi ?

— Arrêtez s'il vous plaît... ne me posez pas de questions, cher ami, vous... je n'ai pas le droit de vous répondre...

— C'est encore de la comédie ou bien c'est la vérité ? s'emporta Antoine.

— Cessez votre colère, ça détruirait ce rêve et anéantirait tout espoir que nous vous sortions de votre condition.

Antoine mit un terme à son interrogatoire, déçu de n'avoir obtenu que des aveux d'éléments qu'il soupçonnait déjà. Son calme retrouvé apaisa également la femme en robe dont les contorsions stoppèrent net. L'ingénieur conjectura que ces créatures demeuraient sensibles aux émotions antagonistes, son espoir retrouvé avait affaibli Néga, et ses angoisses inlassables ne permettaient pas à Posi d'étendre son influence. Si sa conjecture était avérée, alors il se dirigeait vers un mieux, il existait bien un chemin à arpenter pour se débarrasser de ses deux acolytes.

La question du commanditaire des deux démons restait cependant impossible à résoudre. Antoine se remémora la réaction violente de Néga lorsqu'il voulut aborder sa condition d'esthinoxis. De toute évidence, ces êtres ne lui semblaient pas si libres et décontractés qu'ils voulaient bien l'admettre.

Posi se redressa pour se ranger à ses côtés, lui montrant l'imposante falaise et le tunnelier en contrebas.

— Vous ne voulez certes pas m'écouter, mais regardez cette scène cher ami. Ici, une équipe s'acharne depuis des semaines à percer ce mur de grès, mais ils n'y parviendront sans doute jamais...

— Pourquoi cela ? osa demander le géotechnicien dont le scepticisme s'affolait de la même façon qu'à leur dernière rencontre autour du lac.

— Ce grès-ci est bien trop abrasif, leurs molettes d'acier s'y abîment, en deviennent inutilisables... et pour progresser d'un seul mètre dans la roche, il leur faudra un effort tel qu'ils seront contraints d'abandonner.

Antoine resta de marbre, tentant de saisir l'image que voulait lui renvoyer la créature.

— Parfois, face aux évènements, aux agressivités et colères qui cherchent à vous transpercer de toutes parts, il suffit d'être calme, de former un bloc inébranlable, à la manière du décor face à nous.

L'ingénieur ne dit mot et se contenta de hocher la tête. Posi quant à elle, poursuivit son argumentaire.

— Imaginez bien qu'une falaise qui se défend, ce sont des rochers qui tombent et donc, c'est une falaise qui s'abîme.

— Ce n'est pas faux... commenta-t-il.

— Jusqu'à présent j'ai eu peine à provoquer chez vous espoir et confiance, une difficulté immense à vous faire plier à la passivité, mais si vous deviez ne retenir qu'un état d'esprit, c'est bien le calme et la sérénité. Plus qu'un simple état émotionnel, c'est un art de vivre, la meilleure façon de sublimer votre intellect et chacune de vos actions, suis-je claire ?

Antoine esquivait son regard autoritaire, lorgnant du côté du paysage fabuleux sous ses pieds. Bien qu'il apportât du crédit à la thèse de cette maîtresse à penser, quelque chose le dérangeait.

— Pourtant... c'est bien ma colère qui a abouti à l'échange que nous avons aujourd'hui n'est-ce pas ? suggéra-t-il à demi-mot.

— La colère n'est jamais une nécessité, répondit-elle, elle est une conséquence de l'absence de calme. Il s'agit d'un état de profond déséquilibre qui n'est jamais souhaitable et qui, en aucune façon, ne peut vous faire avancer...

Devant la mine éperdue de son protégé, Posi savait qu'elle ne parvenait pas à distiller totalement son mantra dans les pensées perturbées de son hôte. Cela, pensa-t-elle, viendrait avec l'expérience. Il lui fallait à présent mettre un terme à leur entretien.

— Prenez ce morceau de grès entre vos mains, faites corps avec sa force, nous nous reverrons un jour prochain, conclut-elle en s'éloignant.

Antoine s'exécuta, prit dans ses mains un morceau de grès rose à ses pieds, sentant le poids, la dureté et puissance de cet élément naturel s'infiltrer en lui.

S'il doutait de sa capacité à endurer les épreuves, il se rappela à cet instant, que le grès n'était que du sable consolidé par le temps.

***

La reprise se déroula bien différemment de ce qu'Antoine avait pu prédire les jours précédents. Loin d'être le centre de l'attention, ni une source de stress, son retour fut perçu comme un soulagement par la plupart de l'équipe. Durant ses presque trois mois d'absence, l'intégralité de ses projets fut dilapidée auprès des autres ingénieurs, provoquant une surcharge générale. Des projets aux clients difficiles, qu'Antoine avait endurés du fait de son expérience, mais qui chez de jeunes recrues se transformèrent en épuisants fardeaux.

Il retrouva rapidement son bureau, immaculé malgré ce trimestre de fuite. Tout demeurait à sa place, comme son ancienne chambre d'enfant dans la maison familiale. Ces deux mètres carrés dans cet open space lui appartenaient, de même que lui appartenait à cette famille hétérogène. Comme toute famille, il y avait parfois des distances à prendre, des crises à éponger, mais une volonté perpétuelle de se rassembler et de faire corps. Le café du matin, les échanges autour des projets du CSE, les potins, les petits-déjeuners, et même les réunions d'équipes, tout cela valait bien plus que le contenu de ses rapports.

Tout cela constituait cette petite flamme dont il ignorait la source, sa passion pour son travail ne provenait pas tant de la technique, mais de l'impression de faire partie d'une famille qu'il avait eu la chance de choisir.

Sans qu'aucune sensation de malaise ou de bonheur ne l'envahisse, il fut ravi de constater que pour une fois, il demeurait à sa place.

***

Tandis qu'Antoine se réappropriait son poste et quelques-uns de ses projets, remontant enfin à la surface, Henri s'enfonçait dans les profondeurs. Les rapports de la fameuse ligne 19 prenaient un retard conséquent, Henri demeurait complètement débordé et ARES TP ne tarderait pas à accuser de sévères pénalités à chaque jour passant.

Jadis au firmament professionnel, rayonnant de responsabilité, véritable coq dans ce poulailler de bureaux et de feuilles, Henri se déplumait sous la mine dépitée de Thillier, agacé d'avoir misé sur le mauvais cheval.

— Eh Henri, la note des parois moulées c'est ce soir, pas demain hein ? grommela leur chef d'équipe à son passage.

— Oui, oui, se contenta-t-il de répondre, les yeux cernés par l'insomnie.

— Oui, tu dis toujours oui et t'es toujours en retard ! martela Fabrice. Ah tiens, Antoine Chabaud ! Comment ça va ce matin, tu reprends tes marques ? déclara-t-il d'un ton étrangement jovial.

Répondant une banalité, Antoine comprit la raison sous-jacente à la grande générosité de leur chef d'équipe. Celui-ci voulait se débarrasser d'Henri après l'avoir usé. Progressivement, il voulait réintroduire son deuxième cheval dans la course. Mais cette fois, son poulain ne pourrait se rebeller car, en lui offrant une seconde chance après son comportement, celui-ci ne pourrait mordre la main qui l'avait nourri. Si le trentenaire se fichait de cet état de fait, reconnaissant à Fabrice un caractère ambigu certes, mais parfaitement identifiable, il s'inquiétait en revanche du devenir de cet ancien rival.

Isolé dans une salle de réunion, le chef de projet de la ligne 19 maugréait en rédigeant ses notes de calculs. Étalés sur une table de près de quatre mètres carrés, les documents s'entremêlaient dans un chaos reflétant l'état d'esprit de leur propriétaire.

Antoine prit le chemin menant à ladite salle, accompagné de Néga, qui apparut à ses côtés durant ce voyage de quelques couloirs. Le démon, enjoué, se dandinait dans son imperméable déchiré.

— Alors ma poule, ça y est t'as ce que tu veux ! Il va mordre la poussière l'autre enflure après ce qu'il t'a fait ! C'est le moment de porter le coup de grâce ! Reprends-lui la 19, va dire à ce bon vieux Thillier que tu reprends le poste avec une augmentation ! La porte est ouverte !

Antoine laissa l'esthinoxis s'égosiller dans son laïus verbeux, et entra dans la salle. Henri, penaud, sortit la tête de son écran et retira ses épaisses lunettes, lui adressant un bref signe de la main avant de s'en retourner à son écran. Antoine ferma la porte au nez de Néga et s'assit en face de son collègue. Le démon, vexé, se projeta dans la salle à côté de son protégé, croisant les bras en signe d'attente, un brin goguenard de son habileté à violer les lois de la physique.

— Je sais que ça va pas fort la ligne 19 et je sais ce que tu ressens en ce moment... déclara Antoine avec compassion.

Henri braqua un regard noir sur son collègue et écarta son écran pour se focaliser sur la discussion.

— À quoi tu joues là ? Tu penses que parce que t'as fait semblant de faire un burn-out en tapant ta petite crise de mijaurée tu comprends tout le monde ? Je suis pas comme toi, moi, je me laisse pas dominer par un ou deux projets, je pleure pas quand j'ai pas ce que je veux, je suis pas un petit enfant pourri gâté, t'as compris ?

Néga, circonspect, s'appuya sur l'épaule d'Antoine comme pour le soutenir dans cet échange.

— Il est désespéré, je sens d'ici sa névrose, sa peur, sa colère, il est à point, tu peux le détruire en quelques phrases... détruis-le, il le mérite !

Les deux ingénieurs se fixèrent intensément, ne baissant pas la garde. Néga avait raison, Antoine n'avait qu'à appuyer sur quelques éléments pour mettre à genoux son rival et s'en servir pour progresser. Mais où en serait-il dans deux ans ? S'il écrasait Henri, il serait à son tour sous la pression de Thillier et Morille, il reculerait pour mieux sauter. Ou, il parviendrait à remplir ses objectifs, à progresser dans la hiérarchie, pour devenir un être froid et dépassionné. Jamais Judith ne tolérerait qu'il devient ainsi.

— Je comprends que tu me détestes et que tu ne me respectes pas, répondit Antoine devant l'expression ahurie d'Henri. Y a sans doute du vrai dans ce que tu dis, mais y a du faux aussi, pas quand tu me décris moi, mais quand tu te décris toi. T'as besoin d'aide et y a aucune honte à ça, si on ne met pas nos différends de côté, un de nous va devoir partir d'ici quelques mois ou années, et on aura échoué tous les deux.

Néga siffla et applaudit avec sarcasme, moquant la réponse d'Antoine qu'il jugea mièvre et sans saveur.

— Plutôt toi que moi dans ce cas... rétorqua Henri.

Il aurait voulu le frapper, droit entre ses yeux de hibou fatigué, le cogner contre le copieur de la salle de reprographie pour lui faire imprimer son insupportabilité. Mais Antoine se leva pour regagner la sortie, et Néga disparut.

L'expression goguenarde d'Henri s'effaça dès lors qu'il se retrouva seul, et, quelques minutes plus tard, son visage en pleurs s'effondra sur son clavier.

Se remémorant son rêve et cette falaise de grès, Antoine ne put que contredire à nouveau la vision de Posi.

Il n'y avait pas là de rocs inaltérables, de montagnes éternelles. Ils passeraient tous leurs vies à affronter les fissures, à s'effriter sous les pas des ennemis, à se réduire sous les effets de l'érosion ; jusqu'à redevenir le sable dont ils furent formés.

16.

L'amour et son atoll coquelicot

Le printemps voyait ses premiers bourgeons poindre. Un soleil moins terne germait en des heures plus raisonnables, dardant de ses rayons un Antoine ébaubi. Agacé de se sentir mieux, frustré de cette douceur de vivre qu'il estimait factice. S'il se présentait à son travail avec sobriété et calme, s'il échangeait quelques rires et amitiés avec ses frères ou ses collègues, il avait pleinement conscience que cet Antoine vautré dans cette chambre d'hôtel existait encore. Il se reformerait, indéniablement, si le terreau qui l'avait permis subsistait encore.

Un mois après sa reprise au sein d'ARES TP, et malgré la bienveillance de son équipe et les projets allégés dont il s'occupait, il se surprit à ressentir des craintes, des angoisses, un stress chronique potentiellement imaginaire, sur des sujets ne le méritant nullement.

Lorsqu'il rentrait chez son père le soir, il ressentait un profond vide, une volonté de vivre toute relative, comme si le monde extérieur présentait un caractère vain, une gigantesque illusion. Certes il n'allait pas mal, mais où demeurait le sens à tout ceci ? Pourquoi aller mieux ?

Au fond de lui, quelque chose d'étranger à toute émotion vint à le saisir entre les deux discours antagonistes de ses démons, un simple constat. Aussi loin que les évènements le conduisirent, ils n'avaient été motivés que par ses choix et, plus que ça, par ses fonctionnements internes. Pouvait-il seulement blâmer ces créatures pour tirer profit d'une situation dont il demeurait seul responsable ?

Au fond de son lit, scrutant la pendule du mur de sa chambre, il s'imaginait pouvoir pousser contre cette damnée aiguille, revenir à ces instants fatidiques, à la racine de cette dernière année.

S'il avait daigné organiser ce week-end en Italie plutôt que de finir à minuit, peut-être que son client aurait été insatisfait sur l'instant, mais qu'il aurait pu bâtir un souvenir impérissable qui l'aurait rendu insensible aux ires de ces entreprises.

Ces entreprises, ces clients, ces partenaires, ces collègues et cette hiérarchie, ne constituaient après tout qu'un cirque, un grand théâtre ou chacun jouait son rôle. Qu'y avait-il de personnel en de pareilles relations ? En prenant les choses aussi à cœur, il ne donnait l'impression que d'un acteur en plein sur jeu, un comédien trop investi. Et il savait, en poussant l'analogie, qu'un mauvais comédien n'obtenait pas de beaux rôles.

S'il avait fait l'effort de pardonner à leur père, de comprendre son fonctionnement, peut-être serait-il capable de faire de même avec Tristan et Julien, à rire avec eux en se rappelant des moments plus récents que ceux de leur enfance.

S'il avait osé discuter avec Judith, peut-être auraient-ils trouvé quelque solution à leur problème d'argent ?

Cette contenance qu'il se donnait, cette peur qui l'avait dominé toute sa vie, l'avait changé en un impuissant névrosé.

Cramponné à son oreiller tout en remontant le fil de ses souvenirs, il s'imaginait l'avoir toujours su. Les rares fois où il en prenait conscience, il sombrait dans le regret et la mélancolie, embrassant une honte mauvaise qui le dominait entièrement.

Dominé, il était clairement dominé, par des sentiments aussi contradictoires que malsains, l'angoisse et l'espoir, la peur et la confiance. Combien de fois s'était-il tu en croyant que les choses se décanteraient d'elles-mêmes ? Combien de fois avait-il fui par peur des répercussions de ses actions ?

Toujours à contretemps, toujours dans un rythme faussé par ses perceptions, il s'autodétruisait dans un monde qui n'avait pas besoin de lui.

Ce monde n'avait pas besoin de lui, se dit-il, une évidence qui lui sauta aux yeux.

Mais alors que cet effrayant constat le replongea dans cette image du couteau contre son poignet en une froide nuit d'hiver, une certaine énergie s'éveilla en lui.

Qu'importe la comédie humaine régentant leurs existences, il ne serait pas un acteur de série B. Il bataillerait intelligemment, patiemment, se construirait une belle filmographie.

Si le monde n'avait nul besoin de lui, il serait son propre commercial. Après tout, combien de produits se vendaient sans qu'il y ait réellement de besoin ? Le besoin se crée de lui-même, et dès lors, il lui faudrait être talentueux.

Le talent, le travail, le courage, une certaine dureté de vie, un cumulus de principes fermes, voilà qui pourrait constituer le fameux ciment qu'il lui manquait pour non seulement recoller les morceaux, mais pour poser les fondations de sa cathédrale.

Il n'avait pas le contrôle des évènements, mais possédait le plein contrôle de son corps et de ses mots. Là résidait sa seule vérité, sa seule force.

Mais tandis qu'il retrouvait sa vitalité entre ses draps mouillés par la fièvre de ses réflexions, une dernière pensée vint à l'éroder ; et s'il était trop tard ?

Si cet énième battement à contretemps avait anéanti cette probabilité de réussite ? Il avait déjà pu constater l'imposante cicatrice laissée à son travail et dans sa famille, il osait à peine s'imaginer la plaie béante dans le cœur de Judith.

Quatre mois s'étaient écoulés sans que leur couple ne converge à nouveau. Leur relation demeurait dans un état de poids mort, de statu quo insupportable. Il se haïssait tant pour avoir quitté cet appartement, pour l'avoir abandonné des jours durant après l'avoir complètement délaissé.

Parmi ses innombrables qualités, Judith nourrissait celle d'être d'une humeur homogène, de ne jamais céder aux émotions vives. Elle intériorisait tout et plaçait la discrétion comme la plus importante de ses vertus, aux antipodes des clichés liés à ses origines italiennes. Elle appréciait la stabilité, l'homogénéité, l'harmonie. Comment croire qu'une femme de cette stature puisse encore lui faire confiance ? Il y aurait toujours un risque, il ne serait jamais l'assurance d'un compagnon calme et serein.

Les heures défilèrent au rythme de ses élucubrations, sans que jamais la pendule de sa chambre n'inverse sa course.

Il s'endormit d'agacement, de honte, et de haine.

* * *

Un restaurant, au milieu du néant.

La fréquentation de l'établissement diminuait, l'heure n'était plus aux intenses discussions, aux plats bigarrés et aux vins coulant à flots. Les tables se clairsemaient, laissant vaisselles et serviettes sur le passage de couples échaudés, partis danser au milieu d'une piste de danse dégagée au centre de la salle.

Leur pas de danse flottant, leur ballet onirique, rendait contemplatif Antoine qui peinait à finir sa pâtisserie. Certes, le gâteau qu'il consommait disposait du goût agréable des fruits de son premier rêve, mais rien ne pouvait imiter la saveur que semblaient extraire de cette danse ces duos amoureux.

— Vous n'avez plus faim, cher ami ? demanda Posi, réarrangeant ses cheveux blonds hors d'une nouvelle robe d'un blanc nacré.

— Ce repas touche bientôt à sa fin, et je me demande si je ne passe pas à côté de son sens véritable, songea-t-il sans relever la tête de son assiette, vous voyez ce que je veux dire ?

— Vous vous comparez à ces gens qui dansent ? questionna-t-elle, curieuse.

— J'aimerais que l'amour revienne, surtout.

— Je ne crois pas... vous n'avez pas perdu l'amour cher ami, vous avez perdu un certain sens de la passion.

— C'est rigoureusement la même chose, quand vous perdez l'un vous finissez par perdre l'autre, rétorqua-t-il, ou alors vous rentrez dans une relation platonique et je dois vous avouer que ça ne m'intéresse que très peu...

Posi s'esclaffa avant de se lever de table, essuyant au préalable ses lèvres sucrées contre sa serviette.

— Suivez-moi, demanda-t-elle, un immense sourire aux lèvres, je vais vous montrer ce qu'est réellement l'amour.

Le trentenaire ne se fit pas prier pour se lever à son tour, emboîtant les pas de sa préceptrice nocturne, à la découverte d'un éventuel nouveau sermon.

Par-delà la porte de l'arrière-cour, la surprise fut totale. Soufflé par la magnificence du paysage, l'ingénieur ne put retenir sa mâchoire fermée, un gigantesque atoll aux centaines d'îles minuscules se dessinait sous ses pas. Un sable rosé aussi doux que du feutre lui caressait les pieds. Partout, de larges coquelicots étaient sur le point d'éclore en des parterres rougeoyants, tels les cœurs battant de ces îlots paradisiaques.

Devant cette merveilleuse vision, Antoine s'adonna au plaisir de la cueillette et de la promenade, inspirant l'air calme, se glissant tout contre le rivage infini, bercé par le ronronnement des vagues. Des vagues remontant de plus en plus haut, jusqu'à effleurer ses épaules.

— Mais... la mer monte ! s'exclama-t-il, surpris.

— Oui et non. Ou plutôt, oui, ou non, surgit Posi, énigmatique.

— C'est ça que vous voulez me faire comprendre ? Que l'amour est un paradis submersible ? Que rien n'est fait pour durer ? s'emporta-t-il, irrité par ce qu'il devinait être un discours fataliste.

— La mer monte-t-elle ? Potentiellement oui. S'agit-il d'une simple marée ou d'une hausse plus nette, qui finira par l'emporter ? Vous n'avez pas la réponse à cette question cher ami, et moi non plus, conclut Posi.

— Qu'est-ce qu'il faut que je fasse ? s'inquiéta-t-il, le visage fermé à nouveau.

— C'est bien la première fois que vous me demandez réellement conseil ! se réjouit l'esthichars.

— Faut bien que vous serviez à quelque chose hein ? s'exclama Antoine dans une tendresse armée de méfiance.

— Il n'y a rien à faire cher ami, fusa-t-elle sous l'expression déconfite de son protégé. Que l'atoll soit sous l'eau dans cinq heures, cinq ans ou cinq siècles, quelle importance ? Au moins vous aurez foulé son sol, cueilli ses coquelicots et profité de son étendue de sable rosé, n'est-ce pas ?

Antoine tourna le dos à Posi, semblant méditer sa dernière réplique, face à l'océan tranquille. Ses yeux examinèrent chaque élément de ce décor idyllique, avant de se refermer dans une certaine mélancolie.

— Je ne suis pas d'accord avec vous...

D'ordinaire susceptible dès lors que ses enseignements devenaient le siège de contestations, Posi se retrouva désarçonné par le calme avec lequel son protégé balaya son argumentaire rodé.

— Je ne vois pas de maison ici, répondit le trentenaire, les cheveux balayés par la courte brise du littoral.

— De maison ? Je vous demande pardon ? déclara-t-elle interloquée.

— Qu'est-ce que je me fous de me balader sur une plage si ce n'est pour la conquérir, si ce n'est pour y construire une maison, toujours plus grande, toujours plus belle ? Je me fous de ce que je vois là maintenant, ça ne m'intéresse pas de voir une beauté figée dans le marbre ou dans la naphtaline, je veux qu'elle évolue avec moi.

Posi resta bouche bée devant le discours d'Antoine, qui revint à la charge, se retournant face à elle.

—Je ne veux pas parcourir un beau paysage, ça ne me suffit pas, je veux faire corps avec lui pour qu'il me rende plus beau que je ne suis, je veux y construire une maison...

Antoine sentit les larmes l'envahir peu à peu, comme tirées par le vent.

— ... et peu importe si on coule, y aura toujours les planches de cette maison au fond de l'eau, une trace qu'on aura essayé de bâtir quelque chose d'important... vous voyez ce que je veux dire ?

La brise souleva une poignée de sable qui passa entre lui et Posi, embarquant la démone abasourdie qui se dilua en une fine poussière écarlate.

Le rêve s'effondra en une fraction de seconde, laissant Antoine revenir à la réalité, endolori, dans un lit trempé par la sueur et les larmes.

* * *

La force de cette idée ne le quitta pas. Si bien qu'il ne referma pas les yeux cette nuit-là.

Au fond de ses draps, scrutant la pendule du mur de sa chambre, il s'imaginait pouvoir accélérer la course de cette damnée aiguille, pour qu'elle atteigne une heure raisonnable ; une heure pour rejoindre Judith.

Rien ne pouvait le faire démordre de cette idée ; il lui fallait renouer avec elle, il lui fallait amorcer une nouvelle construction sur des ruines encore ancrées dans le sol. Qu'importe la durée, qu'importent les obstacles, il érigeait leur relation comme une évidence.

8 heures venaient de sonner. Antoine, lavé, habillé et caféiné, laçait ses chaussures avant de partir quérir Judith qui démarrait sa journée.

Assis dans son RER, le genou battant frénétiquement le rythme de son appréhension, il fut rejoint par Néga, apparaissant sur le siège voisin, fumant une cigarette tirée d'un paquet noir aux rayures prune.

— Alors ma poule, on va récupérer la poulette ? salua-t-il joyeusement en secouant sa cendre imaginaire.

— Oui, c'est la meilleure chose à faire, j'ai attendu trop longtemps.

— La meilleure chose... ou... la seule à laquelle tu aies pensé ? questionna Néga, qui dévisageait son hôte à la recherche d'une marque d'angoisse.

— Écoute, j'aime Judith, c'est un fait ça, pas une simple émotion. Ça implique que mes choix aillent dans ce sens, c'est tout Néga, maintenant si tu peux me laisser seul, j'aimerais pouvoir me concentrer.

— Ah mon petit poulet... moi tu sais, je fais pas ce que tu dis, je fais ce que tu penses...

Antoine se raidit à l'expression du démon, qui semblait le connaître bien plus qu'il se connaissait lui-même.

— Si j'apparais c'est parce que tu as besoin d'encouragement, tu as besoin d'un bon ami à tes côtés. Loin de moi l'envie de perturber ta belle remontada ma poule, mais réfléchis au-delà de ce qu'on t'a mis dans le crâne.

— C'est-à-dire ? rétorqua Antoine, curieux.

— Eh bien tu vas certainement réussir à reconquérir Judith, c'est une certitude, mes félicitations. Mais est-ce là ton réel intérêt ? Il y a d'autres Judith, d'autres schémas de vie à envisager. Regarde où t'a mené celui-ci ? Tu comprends ce que je veux t'expliquer ?

— Tu essayes de générer des angoisses et des peurs Néga, ça ne prend pas désolé, esquiva l'ingénieur en détournant le regard de son compagnon aux yeux violets.

Le démon jeta négligemment sa cigarette et épousseta les épaulières de son imperméable noir comme pour maintenir son élégance crasse.

— Je ne t'ai pas menti l'autre jour, l'épisode du couteau m'a véritablement fait perdre une grande partie de mon influence, je n'ai pas de prise sur toi.

— Alors pourquoi t'es là ?

— Parce que tu le veux, et parce qu'il me reste encore un peu de carburant.

La voix du RER venait d'annoncer la station Croix-de-Berny, Néga en profita pour s'évanouir dans le néant.

Antoine descendit du train et pressa le pas en direction de l'épicerie Italienne de Judith.

* * *

La porte s'ouvrit dans un tintement de clochettes. Baignée par une traînée de rayons de début de matinée, l'épicerie miroitait. Une odeur de parmesan et de jambon de la vallée d'Aoste embaumait la pièce, marquée par une musique traditionnelle sicilienne aux guitares timides face à l'imposant volume des voix chantant par-dessus.

Explorant un à un les rayons déserts à la recherche de Judith, Antoine se plaisait à découvrir cet étonnant décor qu'il n'avait eu le loisir de n'explorer qu'à son ouverture. Il imaginait alors les longues journées passées ici, à attendre désespérément le moindre tintement de clochette, à arpenter les murs de ce labyrinthe de produits fins, si bons mais si seuls.

C'est alors qu'il la surprit, au rayon des pâtes, consignant sur un imposant carnet les quantités de chaque produit, sans doute un inventaire précédant le dépôt de bilan. Ses cheveux blonds attachés et ses petites lunettes lui conféraient l'air sérieux et mignon qu'il affectionnait tant.

Faisant mine de prospecter le rayon, il se saisit d'un paquet d'imposantes pâtes cylindriques, des Rigatoni, avant de commenter.

— Elles sont tops ces pâtes, pour le gratin, y a pas mieux...

Judith se retourna, changeant son expression grave pour un sourire radieux, légèrement timide, émue de cette présence qu'elle pensait ne jamais voir revenir.

— Oui... profitez-en, murmura-t-elle en jouant le jeu, dans quelques semaines ce sera fini les bons produits, faudra dire adieu à ces rayons.

Antoine abandonna son jeu de rôle amorcé pour enfin tenir la discussion qu'il redoutait tant.

— Tu le sais depuis quand ? demanda-t-il avec douceur.

— Depuis les premières semaines, avoua Judith en bredouillant, une larme à l'œil, je pensais bêtement retrouver plus de sens ici que dans ma tour de verre... et le seul sens que j'ai trouvé c'est... cette flèche-là qu'indique l'issue de secours... rit-elle, en larmes.

Antoine caressa lentement sa joue pour y essuyer ses pleurs.

— Mais pourquoi t'as pas voulu m'en parler ? demanda-t-il en conservant un timbre lisse. J'aurais compris...

— Parce que t'étais à fond dans tes trucs et que je voulais pas te casser le moral, justifia-t-elle.

— On peut dire que là-dessus, on s'est loupé, déclara-t-il dans un éclat de rire.

Judith se blottit contre lui, riant tout en reniflant abondamment les pleurs qu'elle peinait à retenir. Antoine la serra avec force, cherchant à ressentir chaque centimètre carré de son corps, avant de l'embrasser tendrement sur le front. La jeune femme s'écarta, désireuse de poursuivre la discussion.

— Je vais devoir tout abandonner je crois, et retrouver mon bureau...

— Mmh pas forcément... répondit Antoine, la figure égayée d'une expression ravie.

— Comment ça ? Toi quand t'as ce sourire c'est que t'as un truc en tête.

— Y a toujours l'issue de secours... Avant qu'on réfléchisse à ce qu'on devra faire, j'aimerais qu'on parte un peu tous les deux. J'ai pris des billets pour l'Italie, et réservé un hôtel à Florence pour notre fameux week-end.

Judith savait contenir ses émotions. Celles-ci ne se manifestaient en elle que par de légères mimiques du visage. Son caractère espiègle se manifesta par un petit pincement de lèvres et des yeux grands ouverts. Attendrie, elle avait l'impression de réaliser le rêve qu'elle formulait depuis des mois, celui de voir son compagnon redevenir tel qu'elle l'avait connu et aimé, débarrassé de la lourde carapace dans laquelle il s'était enfermé.

— Florence ? Je croyais qu'on cherchait à Venise, railla-t-elle.

— Trop cliché, puis j'aime pas l'eau, plaisanta-t-il.

— Et comment on va faire pour la suite ? s'inquiéta-t-elle soudainement.

Antoine demeurait à la fois inquiet et rassuré par cette question. Si leurs problèmes d'argents étaient indéniablement complexes à résoudre, au moins, Judith prévoyait une suite.

— Chaque chose en son temps, déjà, ce serait bien qu'on essaye de se retrouver, de profiter ensemble, et au lieu d'imaginer un avenir, de se focaliser sur quelques heures où rien ne pourrait venir nous emmerder.

Judith acquiesça et se blottit à nouveau contre lui, ils s'échangèrent un « je t'aime » à peine audible, versés aux creux de leurs oreilles comme une cuillère de miel dans un chocolat chaud, apportant la touche finale de réconfort à leurs esprits éprouvés.

Tandis qu'il l'embrassait tendrement, Néga se manifesta devant la porte de la boutique, esquissant un rictus et applaudissant son disciple.

Antoine le fixa avec un sourire de défi, avant de resserrer son étreinte sur sa compagne retrouvée.

Le démon s'évanouit une nouvelle fois dans le néant, faisant tinter les cloches.

— Ah, heu, y a quelqu'un ? s'étonna Judith.

— Non, c'était juste le vent... la rassura Antoine.

17.

La joie et sa forêt carmin

Outre les basiliques et les cathédrales, Florence brillait par son étonnante tranquillité. Judith et Antoine constataient avec amusement que les préoccupations se diluaient aisément dans le Limoncello. De promenades en visites, d'espaces verdoyants en monuments colossaux, le couple observa le temps se tendre et se détendre en un rythme atypique. Longues nuits passionnées, courtes escapades en des lieux à l'histoire ébouriffante, errances bucoliques au travers des rues blanches aux quelques toits de bronze oxydé.

Ces trois jours de retrouvailles, une éternité éphémère qu'il leur fallait bientôt quitter, pour revenir à leurs préoccupations plus immédiates, plus matérielles. Leur séjour touchait à son terme. Allongé sur le matelas douillet de leur chambre d'hôtel, Antoine constatait non sans jubiler que sa compagne s'était endormie sur lui.

Lui ne trouvait toujours pas le sommeil. Il aurait voulu la secouer, l'habiller de force pour encore marcher dans les ruelles à la découverte de lieux secrets. Jusqu'à la dernière minute il presserait les fruits de cette parenthèse bénie, jusqu'à l'ultime seconde il extrairait le jus de cette joie honnie.

Il fixa éperdument le plafond blanc et lisse, remarquant à quel point celui-ci demeurait profondément identique à celui de sa piteuse chambre d'hôtel d'il y a quelques mois. Luxe comme pauvreté s'acoquinaient finalement d'une même finalité, une toile blanche comme support de réflexion.

Le sommeil finit par le quérir dans sa vaine contemplation, pour l'emmener dans ses rêves bercés par des démons.

* * *

Un restaurant, au milieu du néant.

Le bal dansant touchait à son terme, les serveurs débarrassaient les tables avec nonchalance. Rien ne subsistait du festin s'étant déroulé plus tôt, même les miettes tournoyaient une dernière fois avant d'être happées par les aspirateurs du personnel. Ce repas qui lui sembla durer des mois s'achevait sans même qu'il ne se souvienne du goût des baies du premier jour.

Les invités réglaient leurs notes avant de s'évanouir dans les lumières évaporeuses des néons au-dehors. Antoine, lui, restait à sa table, le regard fuyant, cherchant désespérément le but de cette énième visite, une fin susceptible d'expliquer son parcours. Où diable était cette démone enrobée ? Cette esthichars comme elle se dénommait, ne lui manquait nullement. Simplement, il nourrissait une curiosité, un désir de connaître la finalité de ce parcours censé le conduire au bonheur. S'agissait-il d'un paradis ou d'un nirvana, ou d'une arnaque de plus visant à l'avilir davantage ?

Tandis que Posi se faisait désespérément attendre, il se prit à réfléchir aux premières thématiques qu'elle aborda, la confiance et la passivité à travers le lâcher-prise. En y réfléchissant, cela lui avait tout l'air d'être le discours typique d'un gourou cherchant à étendre son influence. Où était le résultat ? À quoi devait-il s'abandonner ?

Sa boucle de réflexion s'arrêta à l'entente du son caractéristique de l'ouverture de la porte conduisant à l'arrière-cour. Le chemin semblait s'être dégagé de lui-même, sans qu'un serveur n'ait pressé sa poignée. Pensant qu'il s'agissait là d'une invitation à la franchir, Antoine se leva pour s'aventurer au-delà.

Au-dehors l'attendait un splendide paysage comme jamais il n'en avait rencontré. Une forêt aux arbres fous, mêlant ordre et chaos, enchevêtrements de branches et de racines, et sculptures végétales aux parfaites proportions. L'automne côtoyait le printemps dans une myriade d'êtres feuillus aux parures d'or, de cuivre et de bronze. Des spores orangées éclataient de millions de bourgeons comme une pluie carmin, une bruine marron. Cela dépassait l'ordonnancement des fleurs prune de son premier rêve, surpassait même l'atoll paradisiaque de sa dernière entrevue, une merveille onirique l'embrassait de sa lumière.

Soudain, une étincelle surgit, puis une flamme, puis un brasier, puis un fugace incendie. En une explosion roide et froide, la vision s'éteignit dans un abysse fumant. Il ne subsistait rien, ni poudre ni cendre, de ces géants enracinés.

Antoine, indemne, vagabondait dans ce qui fut des sous-bois, cherchant à comprendre comment sa perception avait pu éclipser ce paysage en tout point parfait. Dès lors qu'il eut admis cette illusion perdue, il s'agenouilla, abattu.

Un nuage écarlate aux poussières rosées annonça l'apparition de Posi. Celle-ci, semblant l'avoir guetté à l'ombre d'un feu bosquet, s'approcha de lui avec calme et tendresse.

— Vous semblez bien attristé, prenez garde à ce que vos larmes n'assèchent pas ce sol sacré cher ami, avertit-elle de sa voix douceâtre.

— C'était magnifique...

— Certes, mais cela ne peut durer, regardez autour de vous, prenez conscience de cet espace libéré par notre incendie.

Posi étendit les bras et tourna sur elle-même, respirant à plein poumon un air moins congestionné par la densité de la végétation.

— Prenez conscience que pour que certaines plantes s'épanouissent, il faut que d'autres périssent, c'est essentiel. Imaginez un instant un monde pétri de joie en permanence, cela conduirait aux pires folies.

— Vous voulez dire que chaque chose vit et croît jusqu'à un apogée avant de s'éteindre brusquement ? questionna l'ingénieur dans un soupir agacé.

— Pas tout à fait, vous allez vite en besogne, je veux vous faire comprendre que la joie n'est utile que lorsqu'elle sert d'engrais aux futures jeunes pousses.

La démone s'accroupit aux chevets du sol couleur paprika pour y cueillir une maigre fleur encore recroquevillée en partie dans son bourgeon.

— Tenez, dit-elle en la tendant à son protégé.

Antoine se saisit de la fleur qui dans le creux de sa main, s'ouvrit doucement, révélant des pétales pourpres autour d'un cœur blanc.

— Souriez cher ami, elle ne pousse qu'en des mains de confiance...

La fleur s'agita en une ronde infernale, avant qu'Antoine ne se réveille par une sonnerie trop matinale.

* * *

Quelques jours passèrent d'une routine assommante, non pas que le couple tarît d'ennui, mais que celui-ci demeurait troublé par leurs soucis pécuniaires. D'une belle complicité, les deux amants cherchaient ensemble une solution au problème posé par l'épicerie.

Le renfort d'Antoine semblait opportun, étant donné l'état de santé de sa compagne. Depuis leur retour de Florence, celle-ci avait manifesté d'importants troubles digestifs et demeurait sujette aux malaises. Ce n'est qu'au détour d'une course lambda que Judith eut la présence d'esprit d'acheter un test de grossesse.

Discrètement, elle profita de la pleine concentration d'Antoine sur son travail pour l'utiliser. Jamais elle n'aurait cru être aussi concentrée et impatiente assise sur des toilettes. Son cœur battait un rythme discontinu, s'apprêtant à accélérer ou à freiner à l'approche du résultat. Les barres s'affichèrent, et Judith explosa de joie, se précipitant dans le salon et bondissant aux bras d'Antoine qui tomba de sa chaise.

— Mais ça va pas qu'est-ce qui te prend ? réagit-il, ahurit.

— Je suis enceinte, je suis enceinte, je suis enceinte ! martelait-elle en sautant dans la pièce, les yeux remplis de larmes ne voulant pas couler.

Antoine resta bouche bée, ébaubi par cette force soudaine, ce coup de feu de bonheur qui venait de le heurter de plein fouet. À cet instant précis, aucune réflexion ne vint l'assaillir, pas une angoisse, pas une peur, ni même une pensée rationnelle, simplement un geste, mécanique.

Celui d'approcher de sa compagne, de la serrer dans ses bras comme pour la retenir d'un nouvel épisode de sauts, comme pour la garder près de lui le plus longtemps possible, la retenir de prendre feu tout comme lui.

Qu'étaient-ils de plus sinon la forêt promise à l'incendie.

* * *

La première nuit après la nouvelle, Antoine se rendit aux chevets de son père, inconscient. Fatigué mais en rémission, l'homme se battait corps et âme contre ce qui lui avait dévoré le corps durant des années. Ses frères, occupés à leurs vies qu'ils avaient eux-mêmes mises de côté ces derniers mois, l'obligèrent à venir pour s'aménager une soupape de décompression.

Antoine s'y plia volontiers. Ses frères ne déméritaient pas, mais lui ne méritait plus rien. À chaque fois qu'il contemplait celui qui lui avait tant donné et tant pris, il cédait au silence. À chaque fois qu'il franchissait le seuil de cette damnée chambre où tant de colères s'étaient dessinées, il ressentait un rejet, une pulsion, comme une envie de fuir à toutes jambes vers n'importe quel ailleurs qui serait mieux que cette maison aux souvenirs érodés.

Mais ce soir-là, Antoine crut nécessaire de faire acte de résilience. Tout ce chemin n'avait pas été parcouru pour qu'il se défile à annoncer une bonne nouvelle.

Son père dormait ou plutôt somnolait, bercé par des rêves sans doute dénués de démons. Antoine, à moitié assis sur sa table de nuit, tentait de trouver les mots pour amorcer la nouvelle, sans parvenir à articuler le moindre son.

Dans un clair de lune aux éclats violacés perçant par la fenêtre, Néga se matérialisa à ses côtés, silencieux, secouant son imperméable rapiécé comme s'il s'époussetait d'un pénible voyage.

— Beh alors, ça veut pas sortir ma poule ? railla le démon en déambulant dans la chambre, regardant à travers les penderies et les armoires vitrées. T'es moins bavard avec lui qu'avec moi ou miss resto hein ?

— Je sais pas Néga, j'ai jamais trop su quoi dire...

Le démon cessa de divaguer dans la pièce pour s'assoir au pied du lit.

— Ça fait un petit bout de temps qu'on baroude ensemble tous les deux ma poule, et malheureusement j'ai très peu de temps à pouvoir t'accorder... je sais que tu sais au fond de toi ce que t'as à lui dire hein ?

Antoine renifla, la joie de sa paternité ne lui suffisant pas à contrer ce regain de chagrin qui l'assaillit.

— Depuis quand t'es de bon conseil toi hein ? sanglota Antoine en esquissant un rire nerveux.

Néga lui rendit son rire, affichant un visage jovial et détendu.

— Si tu veux pas parler, je peux te parler de moi, peut-être que ça va te détendre... après tout, faut bien faire connaissance entre copains hein ?

— Mais on n'est pas copains ! s'indigna Antoine, sanglotant et riant simultanément.

— Si tu le dis... C'est pas un boulot facile tu sais que de se servir dans les émotions des autres... ça fait des millénaires que je fais ça... d'époque en époque ça devient de plus en plus complexe, de plus en plus destructeur. L'esprit humain s'entortille autour de trucs toujours plus profonds, et en même temps toujours plus superficiels tu vois ce que je veux dire ?

— Faudra faire plus superficiel comme argument, j'ai pas tout compris, répondit Antoine en séchant ses larmes.

— Je veux dire qu'en apparence vos choix paraissent simples, surtout aux yeux d'être comme moi qui jalousent cette notion...

— Comment ça jalousent ? s'étonna Antoine. Tu veux dire que vous n'avez pas le choix ? Vous êtes immortels mais vous n'avez le choix de rien ?

— Normalement j'ai pas le droit de parler de ça. Mais tu l'auras deviné, je suis pas le plus zélé de mon espèce, plaisanta-t-il dans un immense éclat de rire.

Le père d'Antoine dormait paisiblement, insensible aux ricanements et raclements de gorges de l'individu siégeant à ses pieds.

— On n'est que des petites mains pour les big boss, les grands patrons... nous tout ce qu'on a à faire c'est travailler comme des forcenés pour donner les trois quarts aux gens du dessus.

Le caractère surnaturel de la conversation avait suffi à calmer le sanglot d'Antoine qui demeurait focalisé sur le tri entre les milliers de questions assaillant son esprit. Parmi toutes celles qu'il aurait aimé poser, devant cette chance de se voir révéler quelques-uns des secrets les plus obscurs que l'humanité n'ait portés, il n'en sélectionna qu'une.

— Qu'est-ce qu'il faudrait faire pour que tu sois libre ?

Néga sourit. Pas de son habituel rictus malsain lui donnant l'air d'un adolescent insupportable ayant toujours l'air d'avoir raison, mais d'un sourire complexe, doux, presque humain.

— Qu'est-ce que tu voudrais dire à ton père ? rétorqua le démon.

Antoine acquiesça devant la répartie de l'esthinoxis, amusé par sa redoutable verve.

— Ça a un rapport avec le jeu de cartes de l'autre folle je suis sûr, devina Antoine en esquivant sa question.

Néga haussa les sourcils et pencha la tête, semblant lui indiquer qu'il était sur la bonne voie.

— C'est pas difficile à déduire, cette espèce de tarot... j'avais jamais vu des cartes pareilles, et tout a commencé comme ça... puis son livre... t'es forcément lié à elle, d'une façon ou d'une autre... j'ai pas raison ?

Antoine tourna la tête vers le démon, qui avait disparu. Tournant la tête dans l'autre sens, il aperçut les paupières de son père se lever lentement, son esprit recouvrir peu à peu conscience.

— Tristan ? Julien ? appela-t-il avant de se rendormir.

Sans doute Antoine l'avait surpris entre deux rêves.

— Je passerai te voir bientôt Papa, lui dit-il en lui tapotant tendrement la main, je passerai te revoir bientôt.

Antoine attendit que ses frères reviennent, et fila retrouver la chaleur de Judith. Il garderait sa bonne nouvelle pour plus tard, sa petite joie pour une journée plus gaie. Après tout, il avait encore le temps de réfléchir aux mots qu'il souhaitait prononcer.

18.

La fierté et son ossuaire cramoisi

Les nouvelles lourdes de légèreté avaient entraîné Antoine dans une spirale d'angoisses joyeuses et de questionnement frénétique. La simple perspective de la paternité suffisait à chasser les contrariétés quotidiennes pour une douce inquiétude existentielle. Serait-il un bon père ? Une interrogation qui englobait et surpassait toutes les autres.

Rêveur, contemplatif, sa nouvelle distance avec son travail lui conférait paradoxalement un meilleur sens des responsabilités. Il y avait dorénavant plus important que ça, que lui, que tout le reste. Curieusement, cela lui fit un bien fou. Il se voyait tel un personnage de jeu de rôle qui aurait enfin trouvé sa quête principale, éclairant tous les objectifs secondaires du jeu.

* * *

Bien qu'il redoutât les moments d'impatience, de colère, de fatigue intense qui auréolaient la vie de parent, il se découvrait une certaine jovialité. Une bonne humeur qui irradiait à travers leur open space, jusqu'à se briser à la limite du bureau d'Henri, toujours désemparé par l'effondrement de son projet.

À chaque fois qu'Antoine levait les yeux sur lui, ce dernier détournait le regard, l'air fâché, dédaigneux, meurtri. Si au départ l'attitude patibulaire de son rival lui apparaissait insupportable, il ressentait davantage de pitié que de véhémence à son égard.

Depuis quelques jours, il s'employait à chercher une occasion de lui remonter le moral. Se dirigeant au départ pour quelque divertissement en dehors du cadre professionnel, Antoine se heurta à un hic de taille ; il ne connaissait pas Henri. Renfermé, concentré exclusivement sur sa réussite, ce dernier n'avait jamais fait part de ses goûts à son équipe. S'il devait raviver sa flamme malgré lui, Antoine savait qu'il devrait impérativement agir dans la sphère professionnelle. Son action devrait permettre à Henri de redorer son blason et sa confiance en lui.

C'est alors qu'une opportunité se profila sous l'apparence d'un appel d'offres. Cette consultation d'entreprises, ouverte la veille, n'avait pas pour objet un projet anodin. Il s'agissait d'un contrat-cadre d'une durée de 5 ans, pour réaliser les études d'immenses complexes résidentiels aux quatre coins de la région, faisant suite à la construction du métro du Grand Paris Express.

Une telle occasion, à plusieurs millions d'euros de chiffre d'affaires, constituait un vortex aspirant bon nombre d'entreprises de toutes tailles. Des dizaines y répondraient.

Mais là n'était pas la principale caractéristique qui retint l'attention d'Antoine. L'élément qui l'interloqua s'inscrivait en gros sur l'en-tête du dossier ; le nom du client, la Cogipim.

Un client difficile, si difficile que jamais un ingénieur ou commercial d'Arès n'avait réussi à dénicher la moindre affaire avec eux en 15 ans d'existences. Etaient-ce les prix ? Était-ce des antécédents ? Du favoritisme dans la sélection des offres ? Nul ne le savait.

Mais ce que tous savaient en revanche avec précision, c'est que celui qui remporterait ce genre d'affaire serait vu comme un véritable messie. Le trentenaire téléchargea les pièces du dossier dans une clef USB et attendit patiemment la fin de journée et le départ de ses collègues pour se retrouver seul avec Henri. Contre toute attente, ce dernier fut le premier à prendre la parole.

— Tu devrais pas rester trop tard, attention aux heures sup, tu vas encore craquer Chabaud... railla-t-il le visage fermé.

Antoine ne tint pas compte de la provocation et se dirigea calmement vers lui, agitant sa clef USB comme un soldat secouerait un drapeau blanc.

— Il faut que je te parle de quelque chose, t'as vu l'appel d'offres Cogipim ou pas ?

— Non, et je m'en fous...

— Bon, je sais que tu peux pas me saquer mais je te demande pas la lune, soupira Antoine. Juste, écoute-moi l'espace de trois minutes, si ça t'intéresse pas, je te laisserai dans ta bulle et je viendrais plus jamais te parler ça te va ?

— Ah bah si tu me prends par les sentiments ! Vas-y, crache ta pilule Chabaud, qu'on en finisse.

— C'est un appel d'offres pour un accord-cadre, soit un gros jackpot pour celui qui le décroche… Il faut que ce soit toi qui le gagnes, tu connais les dossiers Cogipim, et moi aussi, on est les seuls à avoir répondu à leurs demandes par le passé.

— Mais on n'a jamais été retenus… c'est ça ton idée ? ça revient à jouer au loto ton truc, et tu m'excuseras, j'ai pas le temps de jouer.

Henri détourna le regard et dégaina son téléphone pour passer un coup de fil à l'un de ses clients, avant d'être vigoureusement interrompu par Antoine qui lui agrippa le bras pour lui retirer l'appareil des mains.

— T'es taré ? Tu nous refais une crise ?

— Non ! Ce qui nous manquait l'autre fois, c'est un contact chez eux, mais j'ai récemment revu un ami qui bosse là-bas, je peux peut-être glaner des infos ou au moins des indications sur le placement de nos prix.

Henri hésita un moment, avant de reprendre son ton intransigeant.

— On n'a pas l'imputation pour répondre à cet appel d'offres, Thillier a mis son véto dessus, tu sais pas lire ?

— On en a rien à braire de Thillier, rugit-il avec autorité.

Son rival détacha pour la première fois les yeux de ses écrans pour le fixer avec intensité, cherchant un éventuel signe de faiblesse après ce sursaut d'insolence.

— À cause de lui on a tous les deux été dans la merde, poursuivit-il. Avec ton expérience dans ce type d'offre et mes infos, je suis sûr que t'as tes chances ! Et pour l'imputation... n'oublie pas que je suis encore à mi-temps ! Je prends le relais sur la 19, en temps masqué, et toi tu gagnes ce putain d'appel d'offres, c'est clair ?

Henri hocha la tête, le plan semblait idéal à l'exception du pourquoi qui lui échappait encore. Pourquoi ce bougre d'Antoine sautait sur son cheval blanc pour se montrer subitement si généreux ?

— Pourquoi tu ferais ça ? Surtout si tu sais que je peux pas te blairer ?

— Parce qu'on est une équipe, si moi j'ai raté, ça veut pas dire que toi tu dois échouer, on peut gagner.

Le visage d'Henri se détendit, laissant poindre un sourire fugace mais sincère. Le chef de projet tendit une main vers Antoine qui, surpris, la serra avec entrain.

— Ok, on le fait. Mais je te préviens, si on bosse de concert, c'est moi qui choisis la musique !

— Vendu, conclut le trentenaire.

Seuls dans leur coin de bureau, Henri ouvrit les hauts parleurs de son PC pour jouer *Pour Some Sugar On Me* de Def Leppard, un titre de hard rock des années 80.

Antoine lui adressa un hochement de tête complice.

* * *

Cette semaine si particulière vit s'opérer une mue des plus improbables. Encore chien et chat quelques jours

225

auparavant, Henri et Antoine se vouaient à une rigoureuse complicité, plongés dans leur stratégie commerciale aux allures de plan de bataille.

S'isolant dans une salle de réunion à l'abri des regards, ils peaufinaient leur mémoire technique, échangeaient d'égal à égal sur les détails des exigences de leur potentiel client, se transféraient des informations et des conseils. Rapidement, les défauts de l'un se comblaient par les qualités de l'autre, dans une certaine synergie qu'aucun d'eux n'aurait cru possible.

Quatre longues journées furent nécessaires à la rédaction de cette offre. Avec une certaine fierté, ils bouclèrent leurs derniers paragraphes le vendredi soir, envoyant leur proposition à cette fameuse Cogipim.

Si au démarrage cette idée leur semblait n'être qu'une bouteille à la mer, leur montage audacieux en fit un véritable coup de canon contre leurs concurrents. Il n'y avait plus qu'à attendre, et à prier.

Le soir du rendu, allongé dans son lit, Judith endormie tout contre lui, Antoine ressassait son incroyable semaine, imaginant sa fierté si leur succès était au rendez-vous. Il déposa un court baiser sur le front de la jeune femme, et plongea rapidement dans un sommeil heureux.

* * *

Dans le néant, plus de restaurant.

Une plaine herbeuse, clairsemée par des cercles défrichés, arides, s'étendait à perte de vue. Le soleil, au zénith, calcinait progressivement la végétation, semblant transformer ce qui devait être une prairie verdoyante en un désert de limon ocre.

Sans l'ombre d'une trace de vie, dans un paysage silencieux troublé par la seule voix du vent, Antoine avançait, marchant inexorablement vers ce restaurant familier qu'il avait tant côtoyé.

Sa randonnée épuisante n'aboutit qu'à un monument des plus curieux. Un ossuaire aux allures de sculpture, un amoncellement d'os provenant de divers animaux, et d'hommes, se dressait vers le ciel comme un avertissement.

Posi se trouvait à ses pieds, vêtue d'une robe à la couleur de l'ivoire et aux stries rosées. La démone l'attendait, une expression contrastée maculant son visage pourtant si harmonieux, une satisfaction faiblarde.

— Vous voilà enfin, cher ami, devant le firmament de toute vie, la fin du cycle et le commencement du suivant, déclara-t-elle dans un semblant d'invocation.

— Pourquoi troquer le restaurant pour un cimetière ? Je croyais comprendre que vous recherchiez du positif ? s'étonna Antoine, retrouvant la verve défensive de ses premiers rêves.

— Voici l'ossuaire cramoisi, un temple dédié à la fierté. Savez-vous ce qu'est la fierté M. Chabaud ? Un privilège. Un privilège accordé à une idée plutôt qu'à une autre, à une personne plutôt qu'à une autre, et qui aboutit à un certain bonheur, une satisfaction.

— Et ? J'ai du mal à vous suivre ?

— Votre satisfaction, vous la construisez sur les os de ceux que vous n'avez pas choisis, que vous avez délaissé pour bâtir votre bonheur.

L'ingénieur se crispa, le discours de Posi lui paraissait glacial, aux antipodes de ce qu'il avait coutume de connaître de son idéologie.

— Tout ça pourquoi ? rétorqua-t-il.

— Tout ça pour espérer de nouveau, espérer le pardon ou la tolérance des porteurs de ces os, pour qu'ils puissent à nouveau mériter votre considération. Ainsi peut-être vous leur ferez confiance, ils vous apporteront une certaine sérénité, vous les aimerez, vous vivrez des moments joyeux... et peut-être ainsi vous en serez fier, au détriment de nouveaux cadavres.

Autrefois convives à une même table, Antoine se sentait à présent considérablement éloigné de ce que sa préceptrice représentait. Si là demeurait le dernier message qu'elle souhaitait lui enseigner, celui-ci ne faisait aucun sens pour lui. L'esthichars, semblant lire dans ses pensées, eut une dernière phrase, résonnant comme une sentence dans la plaine venteuse.

— Vous finirez par comprendre, vous verrez.

Un craquement se fit entendre, suivi de l'apparition d'une large fissure sur l'assemblage de crânes et de fémurs. L'échafaudage d'ossements ne tarda pas à s'effondrer, ramenant Antoine dans une réalité bien plus douce.

* * *

Quinze jours après la remise de leur offre, une lettre vint à rejoindre le courrier du secrétariat. Une lettre surmontée du logo de la Cogipim comme fardée d'un sceau royal. Avec excitation, l'assistante de direction courut à travers l'implantation tel le messager de la bataille de Marathon, apportant au principal intéressé le verdict de l'appel d'offres.

Retenus, ils avaient été retenus, ou notifiés, comme le voulait le jargon. Henri exultait, sous le regard complice d'Antoine. Les deux hommes se serrèrent chaleureusement la main devant le reste de leur équipe hagarde face à l'improbabilité de la scène.

Brièvement, ils résumèrent à leurs collègues leur stratagème et leur coordination des derniers jours. Ravie à l'entente de la nouvelle comme de la réconciliation entre leurs deux aînés, l'équipe se hâta de rejoindre l'espace détente pour partager café et viennoiseries.

Cet instant de liesse et ces échanges de félicitations rendirent pour la première fois Antoine fier de son parcours. Un petit exploit d'équipe qu'il avait su provoquer, instiguer. Les sentiments de victoire restaient suffisamment rares et fugaces pour qu'il en profite pleinement.

Tandis que la bonne humeur régnait, Fabrice vint à s'approcher de son équipe, le visage marqué d'un sourire grave, l'air réjoui mais affecté ; il détenait une nouvelle. Le chef d'équipe attendit patiemment que sonne l'heure du retour au travail pour demander aux deux ingénieurs de le rejoindre à son bureau.

* * *

D'habitude si froid et sobre, le bureau de Fabrice s'était mu en un capharnaüm regorgeant de boîtes à archives et de cartons empilés. Sur la tranche, des années défilaient, des numéros de dossiers s'enchaînaient dans un déluge de pochettes de couleurs, marquant d'un arc-en-ciel de papier toute la carrière de cet homme habitué au gris du béton.

Sur un siège à roulettes au cuir meurtri par une décennie de bons et loyaux services, Fabrice fit signe à Antoine de ferme la porte.

— Félicitations à vous deux, salua-t-il souriant, c'est une superbe opération, je pensais pas qu'un jour on arriverait à les choper ceux-là...

Leur chef nourrissait une expression mélancolique. Lui qui n'était jamais dans la demi-mesure, peinait à exprimer pleinement ce qui lui préoccupait.

— Qu'est-ce que tu fais ? Tu changes de bureau ? questionna Henri en tâtant l'étalage inhabituel d'affaires.

— En quelque sorte... J'ai accepté un autre poste.

— Tu deviens directeur régional ? jaillit Antoine.

— Non, j'ai accepté un poste de directeur d'agence chez Sol-E-Terre.

Les deux ingénieurs n'en revenaient pas. Fabrice Thillier incarnait le visage d'Arès TP depuis plus de deux décennies. Référent sur l'ensemble de leurs projets, il était bien plus qu'un simple chef d'équipe, il manifestait la personnalité de l'entreprise, un véritable avatar de l'esprit d'Arès. L'annonce brutale de son départ éclipsa instantanément l'euphorie de leur succès commercial.

S'il ignorait tout des pensées d'Henri, Antoine semblait réaliser la pleine mesure de sa réflexion deux semaines auparavant ; tout cela ne constituait qu'une pièce de théâtre. Chacun prenait sa place au casting d'une gigantesque représentation, jusqu'à ce que lassitude et frustration finissent par l'emporter.

Fabrice leur confia comment, ces cinq dernières années, il s'était efforcé de faire remonter les meilleurs chiffres possibles à la direction, quitte à augmenter la pression sur son équipe ; comment il avait bataillé pour obtenir le poste de directeur régional, pour finalement en être écarté au profit de Morille.

Ainsi, Antoine comprit que ce chef intermédiaire qu'il érigeait tantôt en mentor, tantôt en despote, n'était rien de plus qu'un homme capturé par le dilemme de ses ambitions. Presque aussitôt, égoïstement, le trentenaire se sentit happé par une certaine projection ; finirait-il ainsi ? Les années passées à rédiger des rapports ne pouvaient constituer une finalité, il y aurait d'autres étapes, d'autres échelons à monter. Une échelle dont la taille des barreaux se réduirait à mesure de son ascension comme il se plaisait à penser. Chaque victoire le rendrait un peu plus seul, un peu plus isolé par ce pouvoir professionnel qu'il acquerrait.

Il aurait le cerveau déchiré entre la fierté et l'orgueil, l'autorité et la contestation, la prudence excessive et le risque mesuré.

Ainsi, lorsque Thillier brisa l'écho de sa réflexion pour leur demander s'ils désiraient prendre le rôle de chef d'équipe, Antoine crut bon de prendre l'initiative du discours, coupant la parole de son collègue.

— Pas moi Fabrice, merci de ta confiance mais ce n'est pas raisonnable actuellement, je ne peux pas porter ça tout seul, pas encore je pense.

— Ni moi, rétorqua Henri à la surprise d'Antoine, vu la charge du moment, je pourrai pas assumer et mes projets, et cette fonction, à moins que nous recrutions ce qui semble difficile par les temps qui courent.

Fabrice esquissa un léger rire.

— Je ne pensais pas à l'un d'entre vous spécifiquement, mais à vous deux. Vous êtes complémentaires et formez une bonne équipe, pourquoi ne pas reprendre ce poste ensemble ?

Les deux ingénieurs échangèrent un regard presque attendri, avant d'acquiescer ensemble.

À cet instant, Antoine songea au concept même du binôme et à son efficacité qu'il ne pouvait que reconnaître. Allant du couple à ses amitiés, en passant par l'étonnant duo formé par les deux démons, il ne pouvait que constater que le choc des forces antagonistes, par leur argumentation ou leur caractère, entraînait souvent un certain progrès. Peut-être était-ce là sa porte de sortie, l'approche de son salut et de son bonheur retrouvé, ces duos à sa portée lui ayant tout apporté ?

Les jours suivants, Henri et Antoine aménagèrent leurs nouveaux postes de travail au cœur des vestiges du bureau de Fabrice. De retour à temps complet de manière anticipée, Antoine réalisa le rayonnement de leur duo à travers le succès de diverses opérations. La ronde des projets revêtait une autre saveur lorsqu'ils pouvaient compter les uns sur les autres pour répartir plus équitablement les objectifs.

* * *

Un matin semblable à ceux jalonnant sa nouvelle condition, Antoine se rendit à son travail et salua ses collègues tout en remplissant sa tasse d'un double expresso. Il félicita Alexandre pour son excellent travail sur son dernier rapport et regagna son nouveau bureau. Henri était parti assister à une réunion de chantier et devait certainement être sur la route du retour.

Un matin semblable à cette nouvelle routine qu'il affectionnait tant, Antoine se mit au travail, bercé par les vapeurs d'un café réconfortant.

C'est alors que son téléphone sonna une première fois, affichant le nom de son premier frère, Julien.

Il décrocherait plus tard, il devait boucler ce dossier.

Son téléphone sonna une seconde fois, affichant cette fois le nom de son second frère, Tristan.

Il coupa l'appel, il aurait tout le temps de les appeler une fois ce rapport envoyé. L'heure n'était pas à la dispersion.

Néga, aux abonnés absents durant de longues semaines, se manifesta devant lui. L'esthinoxis, étonnamment silencieux, occupa la place d'Henri et le fixait avec une mine affreuse, inquiète.

Son téléphone sonna encore, et encore, coupé mécaniquement par Antoine qui gardait une expression concentrée, ne faisant pas même attention au démon qui l'examinait.

— Je sais pourquoi tu décroches pas ma poule, déclara-t-il avec un calme aussi dérangeant qu'inquiétant.

Antoine ne répondit pas, ignorant simplement sa voix pour se focaliser sur l'écran. Son téléphone sonna à nouveau.

— Tu ne peux pas l'empêcher Antoine, tu ne peux pas le nier, insista-t-il, ses yeux violets braqués sur lui.

Antoine, les joues rougies par l'émotion qui montait en lui, les yeux injectés de sang par l'effort qu'il mettait à les focaliser sur l'écran, peinait à contenir d'abondantes larmes.

L'esthinoxis se leva et, lentement, se dirigea vers lui. Le démon, beaucoup moins théâtral qu'à l'accoutumée, apposa sa main spectrale sur l'épaule de son hôte.

— Il faut que tu décroches ma poule, se contenta-t-il de dire, le visage concerné.

Son téléphone sonna à nouveau, encore Tristan.

Antoine lâcha son clavier et décrocha frénétiquement.

— Oui ? bredouilla-t-il, retenant encore ses sanglots.

— Papa est mort, répondit la voix faiblarde de son frère, lui aussi au bord de la crise de larmes.

Le démon ne dit rien. Ses phrases n'avaient pas plus de poids que les pensées d'Antoine. Loin de l'accabler ou de l'encourager dans quoi que ce soit, il se contenta de disparaître dans le néant d'où il était sorti.

Un matin semblable à ce bonheur qu'il était si fier d'avoir construit, voilà qu'il s'érigeait en constructeur de l'ossuaire cramoisi.

19.

L'atterrissage

Une stèle, sous un ciel pastel.

La noirceur lointaine d'un orage chargé luttait contre les rayons rosés d'un soleil levant. La voûte céleste se découpait en deux armées colorées, l'une de féroces nuages, l'autre d'ardentes couleurs clairsemées. À la rencontre des deux blocs, un voile grisâtre aux reflets violacés s'abattait en une pluie printanière, fine et froide ; le ciel pleurait.

Il pleurait, car personne ne levait son regard sur lui. En ce jour particulier, tous contemplaient la terre, le sol, la bassesse des vies humaines, cette boue hideuse et répugnante au son vomitif à chaque pas la pénétrant. Si les cimetières devaient incarner un idéal de paix, celui-ci tenait tout du parent pauvre d'une guerre.

Qu'importe l'état du ciel, les affrontements de forces cosmiques désireuses de s'approprier le destin du monde, eux seraient les éternels perdants, voués à croupir dans des tranchées. Eux n'auraient que la terre, qu'importent leurs actes, qu'importent leurs choix, qu'importent leurs victoires et surtout, qu'importent leurs ressentis. Qu'ils se mettent en colère ou se complaisent dans la joie, rien ne contrarierait cette destinée, cet avenir comme un mur exempt de fissures, ce sol tourbeux recouvert de pierres, ce champ de sépultures.

Antoine y réfléchissait, le regard froidement braqué sur l'épitaphe, sur ces noms gravés qu'il relisait encore et encore sans en admettre le sens ; sur ces dates qu'il estimait incohérentes, impossibles. Son chagrin lui sciait les jambes, sa honte lui rongeait les os, ses pensées le rendaient sourd à toutes ces paroles aussi douces qu'insensées.

Les mots aimants de Judith s'évanouissaient dans l'air, les paroles rassurantes de ses amis et collègues étaient couvertes par le bruit du tonnerre au loin, même ses frères, aussi endeuillés que lui, paraissaient n'émettre que des sons incongrus.

Il relisait encore et toujours les noms sur la stèle.

Ces noms, identiques au sien, suffisaient à lui intimer la plus fulgurante des angoisses, la plus poignante des peurs, et la colère la plus désespérée ; son tour viendrait, et rien ne pouvait l'empêcher.

Le petit être couvé dans le ventre de Judith serait bientôt à sa place, lisant elle aussi un nouveau nom sur cette stèle. Cela n'avait pas de fin, cela n'avait aucun sens, et cela ne reposait sur aucun choix.

Tous le quittèrent peu à peu, d'abord les collègues, puis les amis, puis ses frères, puis Judith, le laissant méditer seul devant le marbre. Seul, devant un ciel bariolé, l'orage se rapprochant toujours plus.

Il y eut un premier éclair violacé, et Néga se manifesta à sa gauche. Un second, et Posi se matérialisa à sa droite. Les deux démons se lancèrent un regard courroucé. Aucun des deux ne souhaitait la présence de l'autre, et il n'était pas non plus question d'abandonner leur sujet pour leur querelle millénaire.

Posi, dans sa robe blanche surmontée d'un châle rouge écarlate, contrastait avec le smoking noir sur chemise prune de Néga. Les deux créatures se distinguaient par un style vestimentaire élégant, signe que les émotions d'Antoine atteignaient un haut niveau d'intensité.

Sans même leur prêter attention, le trentenaire savait que ces deux êtres l'observaient.

— Cher ami, loin de moi l'idée de vous dire que je vous l'avais dit. Mais... je vous l'avais dit, affirma Posi. La fierté se construit sur les os de ceux qui vous offrent l'opportunité.

Néga leva les yeux au ciel, consterné par le discours de sa concurrente.

— Je sais, grommela Antoine, le visage émacié, éploré.

— Vous voulez pas lui foutre la paix à la fin, vous voyez bien qu'il souffre ? s'indigna l'esthinoxis. C'est votre truc ça, de venir mettre votre philosophie à deux ronds là-dedans.

— J'hallucine de constater que votre ignoble présence est encore... présente ! vociféra Posithaire.

— Ça c'est de la punchline gamine ! jaillit le démon, sarcastique.

— Epargnez-nous vos traits d'esprits, pas aujourd'hui ! Je le guide vers un mieux, renchérit-elle, je lui enseigne pour qu'il surmonte ces difficultés, qu'il devienne un être positif.

Il y eut un éclair puis le déchirement du tonnerre.

— Vous cherchez surtout à vous baffrer de sa joie oui ! rétorqua l'esthinoxis. Ce n'est pas en mettant sa colère et son chagrin sous le tapis que vous parviendrez à le rendre plus équilibré, c'est même tout l'inverse qui se produira.

— Vous mentez Frénégas ! Vous mentez comme vous respirez, en exacerbant son mal vous le rendez aveugle à toutes les bonnes choses qui lui sont arrivées récemment.

— Comme ? Judith, son travail, ses frères, qu'est-ce qui a réellement changé madame soleil ? Il est un poisson qui a troqué un bocal pour un autre plus grand. Le mal-être est cyclique, il reviendra toujours.

— Non, il existe aussi des cycles vertueux, des cycles de joies et d'amour, Antoine vous savez que ce ne sont pas des niaiseries il faut que vous m'écoutiez ! supplia la démone.

— Ça suffit ! ça suffit ! ça suffit ! hurla Antoine en se retournant.

Droit et figé, les pieds ancrés dans le sol à la manière du bloc de marbre qui lui faisait dos, l'ingénieur écumait de la plus intense colère n'ayant jamais gangrené son cœur.

Presque la bave aux lèvres, haletant comme un fauve enragé, il aurait sans doute frappé ces deux créatures si celles-ci disposaient d'une enveloppe charnelle.

— Vous ne valez rien, l'un comme l'autre. Vous n'avez que des discours préconçus, partiels et partiaux, pour suivre vos intérêts !

— Eh dit dont ! tenta d'intervenir Néga

— La ferme ! assena le trentenaire devant l'expression impressionnée du démon. J'en ai rien à faire de vos problèmes et de vos aspirations. Si en quelques milliers d'années, à supposer que vous disiez vrai, vous n'avez pas été capable de gérer vos embrouilles de gamins, alors vous êtes plus à plaindre que moi !

— Calmez-vous enfin ! s'écria Posi, la colère et le chagrin ne rendront pas votre père.

— Ecoutez, vous, reprit-il, je suis en colère si je décide de l'être, je suis triste si j'ai envie d'être triste, je me roule dans la boue si j'ai envie de me rouler dans la boue et je vous emmerde ma petite dame ! Alors maintenant que vous m'avez fait l'étalage de votre idéologie new age de vieille bourge, dégagez de ma vie !

Il y eut un nouvel éclair, et l'élégante robe blanche s'évapora dans la bruine.

— Comment tu l'as mouché ma poule ! Elle est pas près de revenir cette emmerdeuse, se gaussa Néga, satisfait.

— Et toi c'est pareil Néga, si j'ai envie de pleurer, c'est mon choix, et si j'ai envie de me réjouir de mon enfant, ou de mon nouveau boulot, ou de quoi que ce soit, qu'importe si ça part en couille dans cinq ans, c'est mon problème, c'est ma vie.

— Tu veux que je me dérobe avant le lever de rideau ? Que je te laisse là tout seul avec le poids des émotions qui t'assaillent ? Si tu ne sais pas les analyser et en tirer les enseignements, ça va te ronger et te détruire ! Tu veux que je rappelle la dernière fois avec ta brillante idée du couteau ?

— C'était pour me débarrasser de toi !

Néga, vexé, arborait un visage tuméfié par une expression qui lui était totalement étrangère, une sorte d'intense tristesse se manifestant par un liquide magenta s'écoulant de ses yeux.

— Si c'était que pour ça alors ça me va, mais je doute que ce ne soit que pour ça. Tu crois que j'ai tout orchestré depuis le début ? Que ta descente aux enfers et tous tes problèmes sont uniquement causés par mon action ? J'ai appuyé sur quelque chose qui existait déjà et quand j'ai vu où ça allait te conduire j'ai décidé d'aller contre... j'ai essayé... mais je n'ai pas le choix comme toi, moi ! Je...

— Laisse-moi tranquille s'il te plaît, interrompit Antoine d'une voix plus calme, éraillée par le chagrin.

— Je n'ai de toute façon plus beaucoup de temps avant que je ne puisse plus me matérialiser ici... tu veux vraiment que je te laisse seul, c'est ton choix ?

— Oui Néga... j'aimerais être vraiment seul un moment...

Le démon s'était volatilisé comme il était venu, dans un éclair violacé. Antoine resta un long moment à contempler la stèle et à relire les noms, le visage maculé d'une cascade de larmes se mêlant à la pluie.

Puis, à la tombée de la nuit, lorsque le soleil eut achevé sa transhumance pour nimber le ciel de nouvelles couleurs pastel, il ouvrit son manteau. Plongeant sa main dans sa poche intérieure, il sortit son couteau ainsi qu'une fleur prune achetée plus tôt chez un fleuriste, avant de les déposer tous deux sur la tombe.

Si cette année avait été un voyage des plus éprouvants, à expérimenter les enjeux d'un ciel volage, il voyait à présent se dessiner la violence de l'atterrissage.

20.

La seule carte qui vaille

Trois mois défilèrent sans que les deux démons ne viennent l'assaillir de métaphores et de questions. Pourtant, Antoine pleura beaucoup, se mit en colère quelques fois, haït le ciel pour ce départ précipité, et fut à de nombreux instants honteux de tout ce temps méprisé. Une souffrance apaisée par le calme de Judith, l'espoir de ses frères, la confiance de ses collègues, la joie de devenir père, et l'incroyable fierté de pouvoir vivre ces évènements.

Les deux démons auraient eu matière à exploiter, mais choisirent de le laisser en paix. Avaient-ils réalisé leur objectif ? Antoine l'ignorait, il ignorait tout de la réalité de ces créatures.

Assis à cette table, dans ce café au pied de l'immeuble d'ARES TP, il achevait de retracer le récit de son année fantasque, dans un carnet noirci par l'encre et les réflexions échaudées. La journée avait filé à une vitesse folle au rythme des lignes griffonnées et des pages tournées. Les tasses de cafés s'amoncelaient sur le coin de sa table, certaines plus vidées que d'autres, l'ingénieur en ayant certainement oublié certaines, emporté par ses mots.

Dans la tranquillité du troquet peu fréquenté, le trentenaire posa son regard sur un pot de cacahuètes qu'il n'avait pas touché, puis sur la banquette vide devant lui. Un court instant, il aurait aimé voir apparaître Néga, entendre ses railleries et commentaires insupportables. Durant cette période, Néga et Posi furent ce qui se rapprocha le plus d'amis, toutefois il ne pouvait occulter leurs motivations obscures et leur penchant pour le harcèlement et la manipulation.

Étrangement, l'esthinoxis fut celui des deux qui le marqua le plus. Ce démon débonnaire au style sale et improbable lui manquait incontestablement.

Antoine avait gagné sa liberté au détriment de la sienne, ce qui loin de l'accabler ne le réjouissait pas non plus. Ces créatures parlaient continuellement de justice, d'équilibre, de ressentis, mais ne connaissaient pas la notion de liberté.

Ils ne faisaient qu'éprouver, cultiver et se nourrir des émotions, sautant de victime et victime. Leurs existences semblaient finalement plus proches de celles de fourmis ouvrières ésotériques que d'être supérieurs ; Antoine les plaignait presque. Lui qui aurait pu sombrer dans l'un ou l'autre de leurs paradigmes, constatait qu'ils se trompaient tous deux de causes.

Ressentir n'était pas une fin en soi, quelle que soit la nature de l'émotion. Choisir de ressentir incarnait au contraire la justesse, cette notion d'équilibre qu'il recherchait tant.

Certaines colères méritaient d'éclater quand certaines joies devraient être étouffées. La seule question était de sélectionner avec raison le moment où devait s'écouler la passion.

Tandis qu'il répétait cette dernière phrase comme conclusion à sa réflexion, le regard évasif dirigé vers la fenêtre, une caravane reconnaissable entre mille débaroula vers le parking de son lieu de travail, se garant à la même place qu'en ce feu jour d'Octobre 2028.

— Putain de merde... c'est pas possible... jura-t-il bouche bée.

La voyante, l'élément manquant, la clef de voûte à ces évènements surnaturels qu'il comprenait à peine. Tout partait d'elle, de ce tarot inachevé au grimoire, en passant à ce sauvetage dont il la suspectait après sa tentative de suicide. Cette vieille bique semblait en savoir plus long que les créatures qu'il rencontra.

Son téléphone vibra, Judith l'appelait. Antoine décrocha instantanément, sans quitter la caravane des yeux.

— Coucou ! jaillit-elle d'une voix enjouée, je viens de sortir de l'écho, t'es où ?

— Je... je suis au café en face du boulot, déclara-t-il avec hésitation, accaparé par sa vision. Je bossais sur un projet, si tu veux on se retrouve à la maison ?

— Je t'entends mal, je suis pas loin de ton boulot, ça me fait plus court de te rejoindre, à tout de suite, bisous, conclut-elle en raccrochant.

Voilà qu'au bout d'un an de péripétie, il devait se résoudre à un ultime dilemme. L'occasion inespérée d'obtenir les réponses à ses questions et de peut-être récupérer le tarot susceptible de rendre la liberté à une veille connaissance, ou rentrer chez lui avec la future mère de son enfant, profiter de l'instant et oublier que cette caravane ne reviendrait certainement plus jamais.

Que devait-il choisir ? Où diable était la raison et la passion ? Où était le risque ?

Peut-être qu'en refusant d'aller à sa rencontre, il courrait le danger de voir les démons revenir, de réaliser que ces trois mois ne furent qu'un vulgaire intermède entre deux rechutes ? Peut-être au contraire les réveillerait-il en provoquant leur commanditaire ?

Piégé dans sa réflexion, la décision fut prise malgré lui, lorsque Judith franchit la porte du bar, rayonnante. Au creux de ses mains, une carte repliée, l'image d'un petit haricot recroquevillé en noir et blanc, l'échographie de sa fille à naître.

Les yeux d'Antoine se décrochèrent aussitôt de la fenêtre pour dévorer chaque fragment de pixel de son futur enfant. Fixant ardemment l'image jusqu'à se brûler les yeux, il éclata d'un sanglot rieur dans les bras de sa compagne.

Tout lui paraissait futile, lointain.

Grande d'à peine trois centimètres, cette graine d'humanité se substituait à toutes ses craintes et ses joies, à son amour et ses colères, elle incarnait le tout, toutes les passions et toutes les raisons de les vivre.

Là sur le papier noirci, se trouvait la seule carte qui comptait vraiment.

Bras dessus bras dessous, les deux parents s'en allèrent amoureux quérir un restaurant où célébrer l'évènement. Ils rirent beaucoup, échangèrent sur leurs inquiétudes, leur responsabilité prochaine, avant de s'embrasser, signant tacitement le contrat émotionnel qui les lierait à cet être pour l'éternité.

Le souvenir des deux démons et de la voyante sombra, inutile, dans les tréfonds de son âme.

* * *

Un an plus tard, une nappe de brouillard.

Antoine s'était levé en pleine nuit pour donner le biberon à sa fille. Au-dehors, une épaisse nappe de brume envahissait la rue, éclairée par la lueur blafarde d'un lampadaire à proximité. Pendu à sa fenêtre, sa fille dans ses bras, l'ingénieur contemplait ce spectacle naturel dont seuls les noctambules pouvaient profiter.

Jusqu'à ce qu'une silhouette ne vienne à se distinguer du nuage, une esquisse maigrichonne dont les bras à peine visibles jetèrent quelque chose dans leur boîte aux lettres. Une impression familière, curieuse, s'empara du trentenaire qui voyait là la manifestation de quelque chose d'important, de crucial.

Il recoucha sa fille, attrapa son manteau et descendit en chaussons dans la rue camouflée pour consulter son courrier. Là, un petit paquet, à peine plus gros qu'une boîte à bijoux, de couleur noire, cerclée d'un ruban rouge. Antoine se hâta de l'ouvrir, déchirant avec vigueur le papier cartonné.

À la vision de ce que le coffret renfermait, il eut un frémissement de peur, relâchant l'objet et fermant la boîte aux lettres, comme s'il avait été surpris par une bête.

La brume, ce velours grisâtre, l'encercla progressivement, jusqu'à ce qu'une aura noir violacée n'émerge de la nappe pour venir à sa rencontre.

— Surpris de me voir ma poule ?

Antoine trembla de froid et d'effroi, la créature ne l'avait pas quitté. Néga n'avait pas changé, toujours le même imperméable noir, la face amaigrie et sa cigarette à la bouche.

— Je pensais plus pouvoir être surpris pour être franc, déclara le jeune père, est-ce que tu viens... en ami ?

— Il me restait quelques minutes de jus... je les gardais pour ce moment, rassure-toi, je serai bientôt parti pour de bon.

Néga reluqua le paquet entre les mains d'Antoine.

— Tu n'ouvres pas ? demanda le démon en soufflant sa fumée.

— Pourquoi je le garderai ? rétorqua-t-il instantanément, pourquoi moi ?

— C'est la clef ma poule, ce que tu étais amené à trouver, la vieille bique était impressionnée que tu te refuses à lui courir après, elle en a déduit que tu étais digne de la recevoir, expliqua Néga.

— C'est le jeu de tarot au complet ?

— Oui... et non, il est en plusieurs parties, mais pour faire simple, oui, précisa-t-il en hochant la tête.

— Tu es venu pour que je te le donne, c'est ça ? rétorqua Antoine, croyant déceler ici la principale motivation de la créature.

— Je suis venu pour que tu aies une occasion de me le donner si ça te chante... c'est vrai, affirma-t-il. Tu es libre d'en faire ce que tu en veux après tout.

— Concrètement si je le garde qu'est-ce qui se passe ?

La brume se resserrait autour d'eux, comme un cercle suspendu dans le temps, ne laissant transparaître qu'un pâle reflet de lampadaire.

— Concrètement ? Tu pourrais voir un certain nombre de choses se produire pour les autres, pas pour ton cas personnel, et tu pourrais invoquer quelques créatures comme moi... ou l'autre pimbêche, expliqua-t-il avec une étonnante clarté.

— Je pourrai te revoir ? s'empressa-t-il de demander.

— Aussi longtemps que tu voudras, et, c'est là que tu vas aimer ma poule, on n'aura plus besoin de te ponctionner... ce jeu, est très spécial.

— Mais tu seras obligé de me servir ?

— Je suis lié à ce jeu, là-dessus je peux rien changer...

— Et, si je te le donne, tu es libre c'est ça ?

— Effectivement.

Antoine médita un moment le choix qui lui était promis, devant le démon incroyablement patient. Il ne pouvait résolument trancher sur ces seuls critères, il lui fallait connaître la réelle motivation de son complice.

— Qu'est-ce que tu feras de ta liberté ?

— C'est pas les projets qui manquent ma poule... J'ai, disons, quelques soucis à résoudre avec ma hiérarchie...

— Sans faire du mal aux autres hein ? jaillit l'ingénieur avec un semblant d'autorité.

— Je garantis pas qu'y aura pas de casse, mais le jeu en vaudra probablement la chandelle... justifia-t-il, énigmatique.

Antoine réfléchit à nouveau.

— J'imagine que dans tes pérégrinations tu seras amené à croiser d'autres genres de créatures ?

— C'est probable, confirma le démon.

— Si jamais tu as la possibilité d'avoir des nouvelles de Papa, peut-être qu'il pourrait me dire un jour dans un rêve ou autre si...

Le démon jeta sa cigarette, fermant son visage et plissant ses yeux violets. Antoine peinait à continuer sa phrase, le froid le faisait trembler, des larmes montaient, sa gorge se serrait, comme comprimée par une main invisible, une poigne de honte et de chagrin.

— Si... il est fier de moi ? lâcha-t-il avant de s'effondrer dans un long sanglot.

Néga ne souffla ni n'émit le moindre commentaire. Devant l'homme dont il avait occupé l'esprit durant une année entière, traquant de ses préoccupations les plus banales à ses problèmes les plus lourds, observant chacune de ses facettes, lisant chacune de ses pensées aussi furieuses qu'heureuses, le démon préféra taire son habituelle insolence. Il y avait dans cette humanité qu'il côtoyait sans la comprendre une tendresse insoupçonnée, une magnifique mélancolie. À ses yeux de cultivateur de malheurs, certains chagrins demeuraient beaux, avant d'être rentables.

Il s'approcha d'Antoine, et le prit dans ses bras. Sa silhouette fantomatique s'imprégna de la brume pour revêtir une consistance physique. L'ingénieur eut l'impression de serrer du coton, d'étreindre à travers Néga le doudou de son enfance, ou l'oreiller qu'il tenait contre lui pour s'endormir, rien de plus normal pour celui qui habita ses nuits.

— Eh... je suis fier de toi, moi, conclut le démon.

Le visage d'Antoine se couvrit d'un large sourire, un sourire de pur bonheur, un de ces sourires intimes réservés à de rares moments de sincérité. L'ingénieur lui tendit alors le coffret dans lequel siégeaient les cartes objets de toutes ses convoitises. La main vaporeuse de l'esthinoxis s'en empara.

— Je t'ai jamais dit... merci, répondit-il, la voix toujours éraillée. T'as été insupportable, j'ai cru que j'allais jamais voir le bout... et même si j'en vois toujours pas totalement le bout, j'ai l'impression que je suis plus fort, et que j'avance... Je pense que c'est grâce à toi.

— C'est ce que tu voulais dire à ton père... murmura le démon.

Néga desserra son étreinte et retrouva son habituel rictus. Devant cette dernière phrase, les larmes d'Antoine cessèrent presque immédiatement pour ne laisser qu'une expression de sidération.

La silhouette noire du démon commençait à s'émietter dans la nuit, se dissipant en une poussière violacée. L'heure était venue pour lui de disparaître définitivement.

— Aller... au revoir ma poule... prend bien soin de la petite... lâcha-t-il avant de se dissoudre dans la brume.

Antoine retrouva les deux cœurs de sa vie, et s'endormit paisiblement, sans l'ombre d'un bar ou l'esquisse d'un restaurant.

FIN

Quelque part entre les espaces, quelque temps entre les temps, un escalier pour tout décors perdu en un instant.

A son pied, une femme blonde exsangue au visage marbré de stries rougeâtres.

Des cris de douleurs, des implorations de pitié, et un bruit de pas, sourd, au sommet des marches éthérées.

Une brume galopante précédait les pas, comme l'éclair le tonnerre, ou la peur, la douleur.

— Je ne savais pas... sanglota la femme à bout de souffle, je ne savais pas qu'il cherchait à l'obtenir... je vous en supplie, ne m'envoyez pas dans la fosse... je peux être utile, je peux être utile !

Une bourrasque balaya le brouillard qui s'assembla en une drapée grise et noire. Une robe fine et duveteuse brodée par les vents, autour d'un corps gigantesque à la peau d'argent, et aux yeux serpentins. La créature se baissa délicatement auprès du corps tremblant de sa victime, et apposa avec nonchalance une main griffue contre son front brûlant.

— Sais-tu de quoi ont peur les hommes, Posithaire ? énonça-t-il d'une voix d'outre-tombe.
— Des... des démons...
— Oui... et de quoi ont peur les démons ?
— De... des... anges ?
— En partie... et de quoi ont peur les anges et les démons ?
— Je...
— De moi !

Appuyant de toute ses forces sur sa main, la créature écrasa le crâne de l'esthichars qui explosa en un éclair écarlate.

Sans que la moindre trace d'expression ne traverse son visage, l'homme en gris matérialisa au creux de sa main de petites pierres sculptées de runes, sorte de dés, nimbés d'une aura violacée. S'amusant à les faire léviter au cœur de sa paume, il soliloqua.

— Ainsi... vous voulez jouer avec la peur et les rêves Frénégas, très bien... vous découvrirez vite que moi aussi, j'aime jouer...

Bientôt, Néga reviendra...